따뜻함으로 사람의 마음을 훔치는

영리한 호구

따뜻함으로 사람의 마음을 훔치는

영리한 호구

최영민 지음

생각의빛

제3장 세상을 돌보기

프롤로그

저는 의대를 졸업하고 인턴 1년, 가정의학과 레지던트 1년 차를 하다가 도중에 가톨릭 수도원에 입회하였습니다. 청소년을 대상으로 하는 수도원이었고, 형제들(수도원에서 함께 살아가는 사람들을 우리는 형제라고 호칭합니다.) 간의 친교를 중요시하는 수도원이었기 때문에 공동체 생활을 하며 진한 인간관계를 경험할 수 있었죠.

수도원은 어찌 보면 현대의 흐름과는 반대의 흐름이 흐르는 곳입니다. 물질적인 것에 대한 가치가 하늘을 찌르는 요즘 세상에 자기 재산을 가지지 않은 채 한 달에 십만 원이 채 안 되는 용돈으로 살아가고, 착하면 호구가 된다며 다른 사람을 위한 삶을 바보 취급을 하는 시대에 남을 위한 삶을 목표로 살아가는 곳이니 말이죠.

이런 수도원에서 남들이 하지 못하는 경험들을 정말로 다양하게 할 수 있었습니다. 청소년과 함께 하다 보니 많은 사람 앞에서 레크리에이션을 진행해야 했고, 캠프 프로그램을 준비하며 형제들과 함께 일을 진행한 적도 있습니다. 게다가 때가 되면 장식도 도맡아 했습니다. 글씨와 미술을 연습했고, 미사와 기도 반주를 위해 악기도 연습했으며, 나중엔 컴퓨터를 사용한 그래픽이나 영상 쪽에도 조금씩 손을 대었습니다.

그리고 제게 가장 중요했던 경험은 관계에 대한 경험입니다. 큰 공동체에 머무를 때는 많은 형제들과 관계를 맺으며 살고, 작은 공동체에서는 몇 명 안 되는 형제들이 거의 24시간을 함께 생활합니다. 그 안의 관계에서 끊임없이 상처받기도 하고 치유받기도 합니다.

저는 어쩌다 보니 이제 막 수도회 입회한 동생들을 데리고 다니며 이것저것 알려주는 엄마 오리와 같은 역할을 맡았었기 때문에, 동생들의 많은 고민을 듣게 되면서 나이와 배경은 달라도 다들 비슷한 고민을 하고 살아간다는 것을 깨달았습니다. 마지막으로 수도원에는 많은 기도시간이 할애되어 있어서 이렇게 보고 느낀 것들을 조용히 제 이야기들로 다듬고 그의미와 원인을 생각해 볼 충분한 시간이 있었죠.

그런 삶을 10년을 살다가 수도원을 나오기로 결정하였습니다. 수도원에서의 삶, 형제들과 함께하는 삶은 참으로 행복했고, 만족스러웠는데 제가 생각보다 여행을 다니고, 자유롭게 돌아다니는 삶을 갈망하고 있다는 것을 깨닫고는 평생 수도원의 삶을 살 수 있을지 자신이 없어서였죠. 그렇게 수도원을 나오면서 했던 큰 걱정은 '앞으로 뭐해 먹고 살지?'였습니다. 병원 생활을 한 지 너무 오래되어서 취업을 할 수 있을지 불확실했기 때문이죠. 게다가 10년을 속세(?)와 동떨어져 살았으니 요즘 세상이 어떻게 굴러가는지조차 모르고 있었습니다.

그렇게 인터넷을 뒤져가면서 알아본 것이, 코로나19로 인해 온라인 세상의 비중이 앞으로 점점 커지게 될 것이라는 정보였습니다. 그래서 처음 시작했던 것이 '인스타그램'이었습니다. 유튜브나 여러 SNS나 책을 보면 '셀프 브랜딩'이라는 것을 강조하고 있었죠. 자기 자신을 브랜드화하는 것이고, 이것은 '저 사람은 이런 사람이야.'라는 것을 드러내는 것이라고 하더라고요. '마켓오'는 고급스러운 과자를 만드는 곳이고, '나이키'는 스포츠용품을 만드는 곳이고, 이런 것이죠. 그래서 제가 처음 인스타를 하면서 정했던 제 브랜드는 '따뜻한 위로를 주는 사람'이었습니다.

현대에 살면서 정말로 많은 사람들이 유튜브만 보더라도 돈을 버는 방법, 여러 가지 기술들, 그리고 물품들을 가르치고 소개하는 분들은 많았지만요, 정작 따뜻한 관계를 만드는 법이나 상처받은 사람들을 위로해 주는 것에 대해서는 가르쳐주거나 위로를 주는 영상은 못 봤습니다. 그런데 저는 공동체에서 사람들이랑 모여 살면서 그리고 인스타그램 같은 SNS를 하면서 세상에 상처받은 사람들이 얼마나 많은데 다들 위로받기를 원하지만, 위로를 해주는 사람은 많지 않은 것 같다고 느꼈죠. 이것은 상담과는 조금 다른 것 같아요. 저는 상담에 전문적인 기술은 없지만요. 위로는 해줄 수 있거든요. 위로는 지식으로 하는 것이 아니라 그냥 상대랑 있어주고 공감해 주면서 상대가 따뜻하고 포근한 느낌이 들게 해주는 것만으로도 충분하다고 생각합니다.

요즘 세상 특히나 코로나19로 사람을 만나서 관계를 맺을 수 없는 상황이죠. 이런 때 사람 사이의 관계를 맺는 것이 점점 어색해졌죠. 그러다 보니 마음은 그렇지 않은데 표현을 잘못해서 서로에게 상처를 주는 사람들을 보면서 우리에게 정말로 필요한 것이 무엇일지 생각을 했습니다. 답은 생각보다 쉬웠죠.

따뜻함이었습니다. 그리고 이 따뜻함은 사람 사이의 관계에서 나오는 것이고요. 그리고 그 관계는 서로를 위로해주며 형성할 수 있는 것이라고 생각하게 되었죠. 그렇게 제 브랜드를 따뜻하게 위로해 주면서 관계 맺는 것을 도와주는 사람으로 정하게 되었어요. 그러다 보니 그것을 표현하는 하나의 단어가 있으면 좋겠다는 생각을 했어요. 그리고 탄생한 것이 '영리한 호구'입니다. 다른 사람에게 친절하고 왠지 친근해서 쉽게 다가갈 수 있는 '호구'이지만, 자신에 대한 자신감을 바탕으로 남들에 의해 상처받지 않는 사람, 다른 사람에게 이용당하는 것이 아니라 다른 사람들을 품어줄 수 있는 사람, 이런 사람이 제가 생각하는 '영리한 호구'입니다.

이 책은 영리한 호구가 되기 위한 여정을 담았습니다. 자신을 사랑하면서 다른 사람을 품어줄 수 있는 영리한 호구의 시작은 '자기 사랑'즉, 자존감을 높이는 것부터 시작합니다. 자신에 대한 자신이 없고 자신을 사랑하지 않는다면 우리는 다른 사람에게 친절하게 대할 수는 있지만, 그 사람에게 끌려다닐 뿐이에요. 말 그대로 그냥 '호구'가 되어 상처투성이가 되기 쉽죠. 그래서 이 책의 제1장에서는 '나도 괜찮은 사람이다.'라는 것을 알 수 있게 위로를 주는 글들이 있습니다. 내가 겪고 있는 문제들이 내가 부족해서 겪고 있는 것이 아니라 다른 사람들도 다 겪고 있는 것이라는 걸 알았을 때 받는 위로가 정말로 큰 것 같아요. 그래서 우리가 '나는 역시 안되는 구나.'라며 주저앉아버릴 만한 일들이 사실 특별한 것이 아니라는 것을 이야기하며 우리도 충분히 괜찮은 사람이라는 것을 깨닫게 합니다.

그 다음은 내 주변의 사람을 품어주는 겁니다. 나에 대한 사랑이 어느 정도 생겼다면 이제 내 옆에 있는 사람들을 조금씩 챙겨보기 시작하는 것이죠. 예, 관계에 관한 이야기입니다. 여기에는 제가 수도원에서 많은 사람들과 관계를 맺고 고민을 들으며 정리했던, 관계의 어려움에 대해 몇 가지 스킬들을 적어 놓았습니다. 상대가 어떻게 느끼고 있는지, 상대가 왜 저렇게 행동하는 지 등에 대해 조금이나마 알게 되면 포용할 수 있는 폭이 훨씬 넓어져서 예전보다 훨씬 사람을 대할 때 이해해주고, 여유로워진 우리를 볼 수 있을 겁니다.

　그리고 마지막은 이 책의 목표인 세상을 품어주는 겁니다. 결국, 따뜻한 세상을 만들어 가는 것이 이 책의 목표니까요. 우리가 남을 위해 살아도 된다는 이유, 세상을 따뜻하게 만드는 것이 절대 남을 위한 것이 아니라 결국은 나를 위한 것이라는 걸 이야기하죠. 그러면서 함께 세상을 따뜻하게 만들어 나갈 영리한 호구가 되어가자고 초대합니다.

　세상을 좀 더 따뜻하게 만들어 보자는 제 처음 의도대로 인스타그램에 글을 꾸준히 올리고 있던 차에 출판사에서 책을 내보지 않겠느냐는 감사한 제안을 주셔서 이 책이 세상에 나올 수 있게 되었습니다. 정말로 부족하지만 제 책이 여러분에게 조금이나마 위로가 되고 세상을 조금이나마 따뜻하게 만들어 준다면 더 바랄 것이 없겠네요. 이 책을 통해서 나도 위로가 필요하지만, 저 사람들도 위로가 필요하겠다는 것을 생각하면서 서로를 위로해주고 사랑해 주다 보면 세상이 조금 더 사람 살기 좋아지고 따뜻한 곳이 되지 않을까요? 그렇게 하루하루 자존감을 높이면서 사람들을 따뜻하게 품어 줄 수 있는 '영리한 호구'가 되어 보시길 추천합니다~!!

제1장
내 마음의 돌보기

착한아이 콤플렉스

착한 아이 콤플렉스라는 건 다른 사람한테 '착하다'라는 말을 들으려고 자기가 원하는 것도 억누르고, 다른 사람이 원하는 것, 부탁하는 것을 들어주려고 최선을 다하는 걸 이야기합니다. 가끔은 자기가 손해 볼 상황이고 심지어 자기가 할 일이 쌓여있을 때조차도 말이죠.

저는 어릴 때부터 착하다는 소리를 많이 들었습니다. "넌 참 착하구나."라는 말을 듣고 싶어서 최선을 다했으니까요. 아까 말했듯이 내가 할 일이 쌓여 있어도 다른 사람이 부탁하는 걸 먼저 해주려고 했고, 속으로는 화가 나도 겉으로는 아무렇지 않은 척 웃어넘기기도 했죠. 심지어 도와주다가 실수하면 미안해하기까지 했죠.

그러다 보니 상처도 많았습니다. 짜증도 났고요. 저를 깎아가면서 정말 힘든 상황에도 불구하고 무언가를 해줬는데 상대가 그걸 당연하게 여기거나, 나에게 충분히 감사하지 않을 때 말이죠. 내가 이만큼 내 것을 희생

하면서 도와줬을 때 받아야 할 내가 적어도 기대한 리액션을 상대방은 충족시켜주지 않았어요. 그리고 그럴 때마다 짜증이 쌓여갔죠.

그런데 제가 온전한 사랑으로 상대를 위해서 자발적으로 희생하며 상대를 배려하고 도와준 걸까요? 적어도 저는 아니었습니다. 저는 그저 착하다는 소리가 듣고 싶었어요. 왜냐하면 착한 사람은 사람들이 미워하지 않으니까요. 그래서 내 주변 사람들이 내가 싫어서 떠나갈까봐 더 그렇게 살지 않았나 생각합니다. "내가 이걸 거절하면 쟤가 날 싫어하고 날 떠나가겠지?" 하고 말이죠.

하지만 살다 보니 그건 사실이 아니라는 걸 깨달았습니다. 표현만 잘한다면 'No!'라는 대답은 서로를 지켜 줄 수 있는 말이라고 생각해요.

"시간이 없어서 안 될 것 같아."

"지금 하고 있는 일이 많아서 힘들 것 같아. 미안."

이런 거절은 친구들을 멀어지게 하는 말이 아니에요. 오히려 나에 대해서 상대에게 알려주는 것이죠. '나 사용설명서' 인거죠.

그러면 우리는 왜 이렇게 나에 대해서 상대방에게 알려 주어야 할까요? 누구 좋으라고! 물론 저 좋으라고 하는 겁니다. 이건 상대방을 위하는 것 같지만, 궁극적으로는 나를 위한 것이죠. 상대방은 평소와 똑같은 말을 하거나 장난을 쳤는데 내가 평소에는 웃어넘기다가 갑자기 버럭 화를 내면서 상대방을 탓하기 시작한다면, 상대방 입장에서는 어떻게 받아들일까요? '얘는 기분에 따라 엄청 달라지는 이상한 애구나.'라고 생각할 겁니다. 그리고는 함께 있는 것을 불편하게 되고, 내 주위에 사람들이 하나둘씩 떠나가겠죠.

사람들은 안정감 있는 사람을 좋아합니다. 안정감 있는 사람이란 내가 A라는 자극을 넣었을 때 항상 B라는 반응이 나오는 사람이라고 할 수 있겠죠. 그러면 사람들은 함께 있을 때 안정적으로 생각합니다. '이 사람은 이런 상황에서 이런 반응을 하겠지.'라고 예상이 되니까요. 하지만 어떤 사람이 A라는 자극을 넣었을 때 언제는 B라는 반응을 하고 언제는 C라는 반응을 하고, 또 언제는 D라는 반응을 하면 사람들은 함께 있는 것을 불안해합니다. '얘는 왜 똑같은 일을 해도 매번 반응이 다르지?'하고 말이죠. 그래서 얘가 언제 화를 낼지 언제 기뻐할지, 언제 상처받을지를 전혀 예상할 수가 없어서 계속 상대방의 눈치를 보면서 이번엔 괜찮은지를 살펴야 하거든요.

예를 들어 볼게요. A라는 사람과 친분를 맺고 있는데 이 사람과 함께 영화를 보러 가려 합니다. 영화를 나보고 고르라 해서 공포영화를 골랐어요. 그런데 언제는 자기도 공포영화 좋아한다며 같이 보고 즐거운 시간을 보냈는데, 또 언제는 자기가 공포영화 싫어하는데 너 때문에 억지로 간 걸 몰랐느냐며 불같이 화를 내는 겁니다. 이러면 나는 그다음부터 이 사람이 좋다고 이야기를 해도, 이게 진짜 좋은 건지 아니면 좋다고 얘기하면서 나중에는 화를 낼지 예상할 수가 없잖아요. 그래서 같은 상황에서도 계속 상대방 눈치를 매번 봐야 합니다. 그러면 같이 있는 게 점점 힘들어지고 불안해 지죠.

하지만 공포영화를 싫어한다고 확실히 표현하면 다음에는 그런 영화를 거르면 되니까, 상대방 입장에서는 '아, 이 사람은 자기가 표현하는 대로 받아들이면 되는구나.' 라고 생각하고는 다른 눈치 볼 것 없이 함께 있어도 편안합니다. 그래서 오래 사귄 친구와 함께 있으면 마음이 편한 거예요. 아무런 말하지 않아도 얘는 괜찮다는 것을 아니까. 서로 아무 말 하지 않는 이 시간이 얘가 불편해하지 않는다는 걸 함께 한 시간 속에서 알게 되었으니까 말이죠.

그러니 우리 안정적인 사람이 되려고 노력해보도록 하죠. 그리고 나에 대해서 좀 더 성숙하게 '표현'해 보세요. 함께 하는 사람들에게 '나는 이러이러한 사람이니까 다룰 때 이런 건 조심해줘야 해.'라는 '나 사용설명서'를 사람들에게 제공해 주세요. 그러면 사람들은 당신을 '함께 하면 안정감 있고 편안한 사람'이라고 느끼게 될 겁니다. 그리고는 주변에 사람이 모여들 것이고, 그것이 여러분에게는 또 다른 보물이 될 거예요. 그렇게 다른 이들에게 일관성 있는 모습을 보이면서 자신을 표현하는 것은 나를 위해서도 남들을 위해서도 의미 있는 일이라고 생각합니다. 올바르게 자신을 표현하고 '나 사용 설명서'를 다른 이들에게 내밀 수 있는 우리가 되어 보는 건 어떨까요?

자신의 모습 찾기

여러분, '나'를 생각했을 때 어떤 것이 생각나나요? 내가 떠올리는 나의 모습과 진짜 나의 모습 그리고 다른 사람들이 보는 나의 모습이 모두 같을까요? 심리학에서 말하는 '조하리의 창'이라는 것이 있습니다. 대인관계에 있어서 자신이 어떠한 성향을 가졌는지를 알아보기 위한 이론이죠. 한 사람의 모습을 4부분으로 나누어서 분류합니다.

'나도 알고 다른 사람도 아는 모습, 나는 알지만 다른 사람은 모르는 모습, 나는 모르지만 다른 사람들이 아는 모습, 나도 모르고 다른 사람도 모르는 모습'으로 분류하죠. 내가 아는 모습과 다른 사람들이 나를 보는 모습이 거의 비슷할 때가 이상적이라고 생각합니다. 남들은 모르고 나만 아는 모습이 너무 많다면, 내가 다른 사람들의 눈을 지나치게 신경 쓰는 것은 아닌가 생각해 봐야 할 것 같아요.

다른 사람들이 내 진정한 모습을 보면 싫어할 것으로 생각해서 내 모습은 꼭꼭 숨겨둔 채 다른 사람들이 원하는 모습만 보여주는 건 아닐까요? 항상 밝은 사람으로, 부탁을 잘 들어주는 사람으로, 베풀기만 하는 사람으로, 슬픔 같은 건 가지고 있지 않은 인간처럼 말이죠. 누구보다 여리고 상처받기 쉬우면서도 그 모습을 드러내면 다른 이들이 무시하고 멀어질까 봐 항상 밝고 긍정적인 모습만 보여주려고 하죠. 속으로는 상처투성이면서도 말입니다.

이런 상황이 지속되다 보면 나중에는 자기 자신도 슬프고 힘들다는 사실을 모르게 됩니다. 자기 자신까지 속이게 되는 거죠. 내가 힘들리 없다고 말이에요. 이러다 보면 다른 사람은 아는데 나만 모르는 모습들이 생길 수 있습니다. 분명 주변에서는 계속 '너 요즘 힘들어? 피곤해 보여.'라며 자신의 안 좋은 감정을 알아채지만 정작 자기는 괜찮다고 내가 힘들리 없다며 자신의 힘든 모습을 깨닫지 못하고 있는 거죠. 자기 빼고 다른 사람들은 그 사람이 힘들다는 것을 다 아는데 말입니다.

그래서 사람은 자기를 표현할 줄 알아야 합니다. '내 진짜 모습과 성격을 보면 사람들이 싫어해서 멀어질 거야.'라는 걱정이 물론 들겠죠. 하지만 아직 안 보여줬잖아요. 생각보다 사람들은 다른 사람의 세세한 것까지 신경 쓰지 않습니다. 내가 나의 모습을 드러냈을 때 누군가가 별다른 반응 없이 받아준다면, 그런 경험들이 늘어간다면 좀 더 자기를 드러내는데 자신을 가질 수 있겠죠. 그리고 '내 모습이 나쁜 건 아니구나.'라는 생각이 들 것이고 자기를 조금은 더 사랑할 수 있을 거예요.

하지만 반대의 경우도 분명히 있습니다.

다른 사람들은 모두 알고 있는 나의 나쁜 습관을 나만 모를 때 사람들은 그 모습 때문에 나를 떠나가고 있는데 나는 그것을 문제 삼지 않고 다른 이들 탓만 하는 경우이지요. 나의 모습이 항상 맞을 수는 없어요. 어떤 때는 나의 행동이 잘못되었다는 것을 인정하고 고쳐나가야 합니다. 악의적으로 한 두 사람이 나를 비난하는 내용이라면 무시해도 좋을지 몰라요. 하지만 더 많은 사람들이 나에게 이야기하고 또 떠나간다면 그건 한 번쯤 '내가 잘못된 것이 아닌가?' 하는 생각을 해봐야 합니다.

그런 의미에서 내가 나를 바라보는 것, 당연히 중요하지만 가끔은 내 주변 사람들을 통해서 지금 나의 상황을 알 필요도 있습니다. 나는 그렇지 않다고 생각하는데 주변에서 계속 비슷한 걱정을 한다거나 충고를 한다면 그건 자기가 자신을 잘못 바라보고 있다는 신호일 수도 있어요. 이 경우는 잠시 나를 객관적으로 바라볼 필요가 있죠. 믿을만한 친구가 있다면 직접 물어보는 것도 좋은 방법이고요.

그렇게 나의 안팎으로 계속 소통하면서 내가 아는 나의 모습과 남들이 아는 나의 모습을 일치시켜나가야 할 필요가 있습니다. 그러면서 균형 잡힌 인간이 되었을 때 사람들은 우리를 언제 터질지 모르는 시한폭탄을 보는 눈빛으로 보지 않고, '자기가 아는 사람'이라며 불안해하지 않고 우리 곁으로 다가올 거예요. 이렇게 균형 잡힌 인간이야말로 영리한 호구가 되어 가는 건 아닐까 생각해 봅니다.

남보다는 자신을 보기

전공의 생활을 하다 보면 분명히 더 힘든 파트가 있고, 상대적으로 환자도 적고 편한 과가 있습니다. 그렇게 병원 생활을 하다 보면 같은 연차 동기끼리 환자 수를 비교하면서 어느 과가 더 힘든지 가늠해보곤 합니다. 그럴 때 참 이상하게 그냥 제가 맡고 있는 과만 생각하고 일을 할 때는 '아, 조금 힘드네.' 정도의 생각을 가지고 일을 하게 되는데 다른 과 환자가 더 적어서 그 동기가 편하게 있는 것을 보면 그 때부터 제가 받는 스트레스가 더 커지는 것 같아요.

분명히 나에게 주어진 일의 양이나 스트레스는 변하지 않았을 텐데, 제가 다른 과와 비교하면서 스트레스를 만들어 냈다고 할 수 있겠죠. '아, 저 과는 환자도 적어서 편한데 나는 왜 지금 이렇게 힘들지.'라고 끊임없이 비교하면서 지금의 내 상황이 점점 더 안 좋다고 느끼게 되거든요. '상대적 박탈감'이라고 할까요?

　내 삶을 살아가면서 다른 이들을 바라보는 것은 당연히 중요합니다. 다른 이들의 좋은 면을 보면서 우리는 선한 자극을 받을 수도 있으니까요. 그런데 다른 이들을 바라보면서 나보다 나은 점이 보이면 내가 나아지려고 노력하기보다 상대를 깎아내리고 싶은 생각이 든다면, 차라리 자신의 모습에 좀 더 집중하는 것이 나을 거예요. 그런 모습은 상대도 힘들게 하지만 나를 제일 힘들게 하는 일이거든요.

　그런 모습으로 주변 사람들에게 다가간다면 사람들을 우리를 더 피하게 될 것이고, 그러다 보면 나를 정당화하기 위해서 내가 공격해야 하는 사람들이 늘어나게 될 거예요. 그 사람들을 깎아내리고 공격해야 내가 정당해진다고 느끼고, 그래서 내가 비참해지지 않을 테니까요. 이건 악순환이죠. 점점 스트레스받고, 점점 고립되고 사람들은 곁을 떠나갈 겁니다. 그러니까 우리는 우리 자신의 모습과 상황에 좀 더 집중하는 연습을 해봐야 할 것 같아요.

　다른 사람들이 나보다 능력도 뛰어나고 가진 것이 많더라도, 각자 나름의 어려움은 가지고 살아가니까요. 그러니까 사람 사는 것 다 똑같다는 생각으로 살면 조금 편해지는 것 같아요. CEO의 삶은 물질적으로 정말 풍족할 수는 있겠지만 그 막중한 책임감을 저는 못 견딜 겁니다. 그리고 연예인의 삶도 반짝반짝 빛나지만, 그 인기가 언제 떨어질지 몰라서 항상 긴장해야 하는 것도 저는 못 견딜 것 같습니다.

　그래서 저는 지금의 제 삶이 좋습니다. 적당히 관심도 받고, 직업도 있고, 시간 나면 그냥 훌쩍 차를 끌고 나갈 수 있는 제시간을 제 의지대로 사용할 수 있는 자유가 있는 지금이 말이죠. 가끔 힘이 들 때도 있지만 전반적으로 제 삶에 대해 만족하고 있답니다.

하지만 저 역시도 그것이 잘 안될 때가 있죠. 그건 정말 사소한 것에서 시작합니다. 퇴근 시간이 다른 사람들보다 늦어지는 것 같이 아주 작고 사소한 것부터 남들과 비교를 하게 되면 다시 악순환에 빠져 스트레스 받는 저를 발견하거든요. 그래서 인생은 끊임없이 갈고 닦아야 하는 건가 봅니다. 한번 머리로 깨달았다고 해서 영원히 유지되지 않거든요.

그러니까 여러분, 다른 사람과 나를 비교하지 마세요. 특히나 그 사람은 가지고 나는 못 가진 무언가를 비교하지 마세요. 우리는 비교를 할 때 내가 못 가진 것만 비교하면서 스트레스받습니다. 그러면 영원히 고통받죠. 저는 완벽해질 수 없으니까요. 그럴 땐 상대방도 나를 부러워할 수 있을 거라는 생각을 한번 해보세요. 내가 저 사람보다 더 가진 것에 집중해보고 그것을 다른 사람들이 부러워할 수도 있는 것이라고 생각하면서 살짝 자뻑에 빠져보세요. 다른 사람을 무시하지 않는 자뻑이라면 괜찮습니다. 나의 자존감을 올려줄 수 있고, 여유롭게 다른 이들을 받아들여 줄 수 있거든요.

그래서 오늘은 내가 그 사람의 삶과 비교하면서 자꾸 나를 초라하게 만드는 그 누군가가 있는지 한 번 생각해 보세요. 얼마 전에 진급을 한 내 동기가 될 수도 있고요. 똑같이 공부했는데 성적이 더 잘 나오는 내 친구가 될 수도 있습니다. 아니면 괜히 나보다 인기가 많은 어떤 사람일 수도 있고요. 그리고 한번 생각해 보세요. 내가 정말로 저 사람보다 나은 게 하나도 없나? 내 상황이 그렇게 최악이기만 한가? 하고 말이죠. 그리고 그 사람의 상황보다 내 상황이 나은 여러 가지를 찾아보세요. 그리고 그 사람이 이런 것들로 나를 부러워할 수도 있겠다는 생각을 한번 해보는 거죠.

여러분, 우리는 각자 다양한 삶을 살아갑니다. 나의 길은 다른 사람의 길과 같을 수가 없어요. 그러니까 내가 가고 있는 길을 다른 사람의 길과 비교하면서 내 길이 잘못되었다고 생각하고 주눅 들지 마세요. 뻥 뚫린 10차선 고속도로가 가진 장점도 있지만요. 가끔 사람들은 노을 지는 시골의 소달구지가 다니는 따뜻한 오솔길을 더 사랑할 수도 있거든요. 내가 가는 길이 작은 오솔길이어서 보잘것없다고 느낄 수 있겠지만요.. 그러지 마세요. 사람들은 따뜻함을 느끼고 쉬고 싶을 때 고속도로가 아니라 그런 오솔길로 찾아와서 쉴 테니까요. 그러니까 자신이 걷고 있는 그 길을 자랑스럽게 여기고 다른 이들을 받아들일 수 있는 영리한 호구가 되는 따뜻한 우리가 되면 좋겠습니다.

외로움

우리는 살면서 외로움을 느낍니다. 왜일까요? 주변에 아무도 없어서, 혼자 있기 때문에? 사전에서는 외로움을 '홀로 되어 쓸쓸한 마음이나 느낌'이라고 이야기합니다. 조금 애매한가요? 흔히들 우리는 '외롭다!'라는 감정은 주변에 사람이 없기 때문이라는 생각을 많이 해요. 하지만 우리는 군중 속의 고독이라는 말을 알고 있죠. 그리고 주변에 사람들이 많지만, 그 안에서 외로움을 느껴본 경험이 있으실 겁니다.

제가 생각할 때 외로움이란 함께하는 사람의 유무에 따른 것이 맞는 것 같습니다. 하지만 그냥 사람이 아니라 저와 관계를 맺고 같은 곳을 바라보고 있는 사람이요. 나와 아무런 관계가 없는 사람들이 한 트럭으로 있어도 외로움은 없어지지 않습니다. 하지만 내가 진정한 친구라고 생각하는, 그래서 모든 것을 믿고 맡길 수 있는 그 사람이 한 명이라도 함께 있으면 그

외로움은 사라지니까요.

그것으로 봐서 외로움을 느끼는 데는 사람 수는 중요치 않은 것 같습니다. 오히려 사람 많은 것이 외로움을 느끼게 하기도 하니까요. 상대적 박탈감 때문에 더해진다고 할까요? 다른 사람들은 서로 관계 맺고 소통하고 있는데 나만 아무하고도 이야기할 수 없다는 것. 이럴 땐 차라리 혼자 있는 것이 덜 외롭겠죠.

우리는 외롭지 않기 위해, 항상 함께하는 누군가가 있으면 좋겠다는 생각에서 결혼을 생각합니다. 하지만 결혼한 누군가는 함께 있어서 더 외롭다고 이야기하더라고요.. 그래서 이런 생각이 들었습니다.

'부부가 함께 있으면서 같은 곳을 향하지 않으면 더 힘들 수도 있겠구나.'

저는 주변에 항상 사람들이 많은 곳, 수도원에서 살았습니다. 많은 형제들이 함께 웃고 떠들며 살아가는 곳이지요. 그렇게 살아가다 보면 저는 누군가에게 어떠한 관계를 기대하게 되죠. 그리고 내가 어떠한 것을 주었을 때 그 사람이 이렇게 반응해 주길 기대하죠. 하지만 사람이 어떻게 그런가요. 제가 좋아도 그 사람이 싫을 수도 있죠. 그렇게 저는 그 사람을 바라보는데 그 사람이 다른 곳을 바라보고 있으면 저는 외로워집니다. 물론 제 경우는 주변에 같은 방향을 보는 다른 형제들이 있어서 외로움이 짙지는 않았지만요.

그런데 결혼하신 분들은 조금 다를 수도 있겠다는 생각이 들었습니다. 그분들은 둘밖에 없는 거잖아요. 그렇게 서로에게 기대고 싶고, 서로를 바라봐야 하는 관계인데 항상 서로만 바라볼 수는 없는 거잖아요. 우리는 인간이니까. 그래서 가끔 서로 다른 곳을 향할 때, 마땅히 나를 봐야 할 상대가 다른 곳을 볼 때 더 외로워지고, 화도 나는 것 같습니다. 차라리 보이지나 않으면.. 싶을 정도로요.

그런데 저는 외로움을 느끼면서 '나는 왜 이렇게 사람들에게 기대하면서 홀로 서지 못하고 외로워할까. 나는 왜 이렇게 나약하지.'라고 생각하면서 자책했던 것 같습니다. 하지만 생각해 보면 이것은 자책할 일은 아닌 것 같아요. 내가 완벽할 수 없으니까. 내 맘도 마음대로 안 되는데 다른 사람의 마음을 내 맘대로 못한다고 그것이 내 탓은 아니라는 것이죠.

인간이면 외로움은 당연히 느끼는 거라고 생각합니다. 인간은 항구히 한쪽만 볼 수 없는 존재니까요. 그러니까 관계에 있어서도 좋을 때가 있고 나쁠 때가 있는 거죠. 그게 내 잘못은 아닐 겁니다. 그래서 제가 하고 싶은 이야기는 외로움을 느끼는 것은 내가 부족하거나 나약해서가 아니라는 거예요. 그러니까 자책하고 더 깊은 우울로 빠지지 말고 다른 길을 찾아보는 건 어떨까요? 나의 마음이 끌리는 것으로요.

운동이나 취미나 일이나⋯⋯. 일단은 그렇게 충전하고 난 후에 외로움을 해결하는 것도 좋다고 생각합니다. 운동이나 취미, 일은 내가 하고 싶으면 할 수 있는 것이잖아요. 나의 뜻대로 행할 수 있는 것. 적어도 다른 사람의 마음을 움직이는 것만큼 불가능한 것은 아니니까요. 그런 쪽으로 관심을 돌려보면 어떨까 합니다. 그렇게 기분을 업 시키고, 자신감을 채우고 다시 관계를 맺어 나가는 것이 좋다고 생각해요. 오늘 하루도 외로움을 느끼는 나를 탓하지 말고 내가 인간이라는 증거로 생각하면서 앞으로 한 걸음 나아가는 하루가 되면 좋겠습니다.

내 슬픔 표현하기

우리는 살면서 "남자는 태어나서 세 번만 우는 거야!"라는 이야기를 듣습니다. 그리고 언제나 밝은 사람, 잘 웃는 사람만이 사회생활을 잘하는 거라고 이야기하죠. 하지만 정말로 사람이 항상 웃으면서 살 수 있을까요? 마음에 어떤 생각을 품고 있는지 표현하지 않는 삶은 얼마나 답답할까요?

흔히들 우리 아버지들은 겉으로 울 수 없어서 마음으로 운다고들 하죠. 그건 얼마나 큰 답답함일까요? 자신을 있는 그대로 드러낼 수 있는 사람. 자신의 감정을 그대로 표현할 수 있는 사람. 그런 사람은 정말로 대단한 것 같습니다. 자신에 대한 자신감이 있고, 다른 사람보다도 일단 자기를 사랑할 줄 아는 사람이니까요.

'내가 여기서 울면 다른 사람들이 비웃을 거야.'라는 생각 때문에 눈물을 애써 참고 괜찮은 척 쿨한 척 넘어가다 보면 마음에는 풀리지 않는 응어리가 생기게 됩니다. 그렇게 하루가 가고 이틀이 가면 내가 내 감정을 표현하는 것이 죄같이 느껴지고 애써 참아내는 자신을 대견해하며 더 참아야 한다고 다짐하곤 하죠.

한동안 지식인에 올라오는 질문 중에 인간관계나 생활하면서 고민 있는 사람들에게 답을 달아 드린 적이 있었습니다. 한번은 어느 중학생의 고민이었는데, 자기는 너무 힘든데 자기가 힘든 티를 내면 부모님께서 더 힘들어하실 테니까 참는다네요. 너무 힘든데 주변에 소문날까봐 이야기할 곳도 없고 그래서 화장실에서 맨날 숨어서 운다고 합니다. 이 어린애가 얼마나 힘들까요. 그러면서 자기가 왜 태어났는지 모르겠다고 자기 때문에 주변이 힘든데 나는 도움도 안 되는데 왜 태어났는지 모르겠다고 얘기하는 거예요. 너무도 어린아이인데 저런 생각을 한다는 것이……

사람들은 어른스럽다고 이야기할 수 있겠지만, 저는 저렇게 일찍 철이 든 아이들이 너무 안타깝습니다. 아이는 아이다워야 해요. 떼도 써야 하고, 안되지만 꼬장도 부려봐야 하고, 그 나이에 알맞은 행동을 하지 않고 넘어가면 나중에 어른이 돼서 마음 안에 작은 아이가 힘들게 만들거든요. 그래서 저는 아이들에게 착하다. 어른스럽다는 것은 칭찬이 아니라고 생각해요. 아이들은 그 말을 들으면 또 그 칭찬 들으려고 똑같이 행동하거든요. 자기를 숨기고, 어른스러워지기 위해서.. 어른이 된 우리도 그렇지 않나요? "내가 슬픈 나를 드러내는 건 부끄러운 거야. 다른 사람들을 신경 쓰게 만들면 안 돼. 지금은 참아내는 게 맞아 나중에 좋은 날이 오겠지." 아니요. 그렇게 참아만 내면.. 나만 힘듭니다.. 그리고 점점 더 힘들어져요.

그러니까 이제 우리 표현하고 살아보는 건 어떨까요? 내가 기쁘면 기쁜 것을, 슬프면 슬픈 것을, 화나면 화난 것을. 잘 표현한다면 오히려 사람들은 나를 편하게 생각할 겁니다. '아, 저 사람은 있는 그대로 받아들여 주면 되겠구나.' 하고 말이죠. 겉으로는 웃지만 속으로 화내는 사람, 겉으로는 안타까워하지만 속으로 고소해하는 사람들. 이런 사람들을 대할 때 우리는 거부감이 들거든요. 저 사람이 표현하는 것과 속마음이 다르다는 것을 우리는 거의 본능적으로 느끼니까요. 그래서 사람들이 겉과 속이 다른 사람들을 대할 때 혼란스러워합니다. '저 사람은 겉으로는 축하해 주는 것 같은데 왜 짜증이 난 것 같지?' 하고 말이죠.

그러니까 오늘부터라도 자신의 감정을 표현하는 연습 해보는 건 어떨까요? 일단은 혼자라도 펑펑 울어봐요. 그것부터 시작이니까. 아무도 안 보는 방에서 슬픈 영화를 보며 화장 같은 것은 신경 쓰지 않고 눈물 흘려보는 건 어떨까요? 그리고 다른 사람에게도 나를 조금씩 드러내 보이는 겁니다. 자신을 드러내 보이는 건 부끄러운 게 아니에요. 자신을 드러내는 걸 부끄러운 것이라고 생각한다면 우리는 우리 자신을 부끄러워한다는 이야기이죠. 하지만 나를 사랑해 줄 수 있는 건 제일 먼저 나입니다. 내가 나를 사랑하지 않으면 아무도 나를 사랑해 주지 않죠. 내가 나를 사랑하지 않으면 다른 이들의 칭찬은 나의 자존감을 세워주지 못하고 오히려 나를 깎아요. 다른 사람들은 나의 진짜 모습을 모르니까 저렇게 좋게 말하는 것이라고 자신이 받아들이지를 않거든요.

이제 그만 좀 겸손해지세요..우리는 이미 너무도 겸손해요. 그러니까 이제 좀 자신감을 가지고 드러내세요. '내가 사랑하는 나는 이런 사람이야!

이럴 때 슬프고 이럴 땐 이렇게 기뻐한다고!'라고 자신 있게 드러내 보세요. 그러면 처음에는 그것을 낯설게 보던 사람들도 언제부턴가 우리의 담백함에 끌려 다가올 거예요. 그렇게 나의 모습들이 하나 둘 씩 사람들에게 받아들여지는 걸 느끼면 우리의 자존감도 높아지고 여유로운 사람이 되어 갈 수 있을 겁니다. 그러니 하루하루 밖으로 우리를 표현하는 노력을 해보는 건 어떨까요?

나이를 먹는다는 건

흔히들 말합니다. "아, 학생시절은 정말로 아무 생각 없이 있을 수 있었으니 그때로 돌아가면 정말 좋겠다."하고 말이죠. 그런데 저는 딱히 과거로 돌아가고 싶지는 않습니다. 과거에 좋은 기억이 없기 때문은 아니에요. 그냥 나이를 먹어가면서 절로 늘어나는 것들이 좋을 뿐입니다. (뱃살 아닙니다)

우리는 살아가면서 많은 경험들을 하면서 살아갑니다. 좋은 경험, 나쁜 경험, 무서운 경험, 부끄러운 경험. 이런 경험들을 겪고 나면 공통적으로 하나의 이득이 있습니다. 그 어떤 경험들도 마무리가 된다는 것이지요. 그리고 그것이 생각보다 대단히 무섭거나 내 인생을 뒤집을만한 힘을 가진 건 아니라는 겁니다.

제가 수도회에 있을 때 많은 사람들 앞에서 레크리에이션을 진행할 일이 꽤 있었습니다. 처음 무대에 서야 하는 전날 얼마나 공포(?)에 떨었는지 모릅니다. 유튜브를 찾아보고, 진행하는 것을 폰으로 촬영해서 보기도 하고 멘트를 몇 번이나 연습했죠. 선배들이 하는 것만 봤지, 내가 과연 그것들을 할 수 있을까. 괜히 분위기 싸해지면 어쩌지. 이런 생각들이 가득했죠.

첫 무대는 생각보다 괜찮았어요. 준비한 것을 다 하지는 못했지만 제가 전달하려던 메시지를 나름 전달했다고 생각했거든요. 그렇게 한번 두번 무대에 서다 보니 어느 타이밍에 사람들이 집중하는지, 어느 타이밍에 웃음이 터지는지 등에 대해서 알게 되고 조금은 편하게 다가가고 돌발상황에도 조금은 여유를 가지고 대처할 수 있게 되었죠.

그러면서 얻었던 가장 큰 깨달음은 어떻게 하든 내가 맡은 1시간 30분은 지나간다는 것이었습니다. 정말로 아이들이 말을 안 들어서 프로그램이 진행이 안 되었던 때가 있었는데 그때는 다른 프로그램을 하기보다는 노래방을 틀어주고 자기들끼리 놀게 시간을 주었는데 참 재미있게들 놀더라고요.. 그래서 내가 꼭 계획한 그대로 흘러가지 않아도 괜찮은 결과를 낼 수 있다는 것도 생각하게 되었죠.

나이를 먹는다는 건 이런 것 같습니다. 경험이 쌓이는 거죠. 특히나 이러이러한 상황이 와도, 지금 당장은 내 인생이 송두리째 뽑혀 나갈 만큼 큰 문제라고 생각되는 것들도 지나고 나면 내 인생에 그렇게 영향을 줄 만한 사건이 아니었다는 것을 깨닫게 되고, 그 깨달음들이 쌓이는 것이죠. 그러다 보면 다시 큰 경험을 할 때 이것도 그다지 큰 문제가 아니지 않을까. 내가 생각한 그대로는 아니더라도 어떻게 될 거라는 생각이 들게 되죠.

이렇게 나이를 먹어가면 경험이 쌓이면서 일희일비하는 일이 줄어들게 되고 결과적으로 사람이 여유로워지는 것 같아요. 다른 사람들이 엄청나게 두려워하고 안절부절못할 때 다가가서, 지나고 나면 괜찮을 거라고, 마음을 담아 이야기해 줄 수 있는 사람이 되는 것이죠. 그리고 자기 자신도 어려운 일이 있을 때, 예민해져서 주변 사람들을 밀어내기보다 이번에도 어떻게든 될 거라는 여유를 가지는 모습을 보여줄 수 있게 되는 것 같습니다. 그런 모습을 보는 주변 사람들은 그 모습에 위로를 받고 옆에서 힘을 받고자 다가오겠죠.

사람들은 이렇게 여유롭고 품어줄 수 있는 사람 곁으로 모이게 됩니다. 따로 어려운 사람들에게 뭘 베풀거나 해주지 않아도, 그 사람들은 우리 주변에 와서 알아서 위로를 받고, 다시 일어날 힘을 얻고 가죠. 그냥 내 삶을 살기만 하는데 주변에 그런 따뜻함을 전할 수 있게 되는 겁니다. 물론 그렇게 되기 위해서는 많은 경험들을 자신의 이야기로 정리할 수 있어야 해요. 내가 한 경험들, 마무리된 경험들에서 배웠고 느꼈던 것들을 나의 이야기로 잘 다듬어서 명품 매장에서 명품 가방을 전시하듯이 잘 정리 해 두는 것이 필요하죠. 언제든지 필요한 때 꺼내서 다른 사람에게, 그리고 자신에게 이야기해 주기 위해서요. 이 과정이 없다면, 아무리 많은 경험을 하고, 아무리 많은 험한 여정을 지나왔더라도 성장하고, 여유로워질 수 없어요. 나는 그냥 언제나 운이 없는 사람이라고 한탄하는데 머무르는 사람이 될 수 있으니까 말이죠.

우리의 모든 경험은 의미가 있답니다. 나의 아무리 사소한 경험이라도 어떤 이에게는 인생의 해답처럼 느껴지죠. 그러니까 나이를 먹어가는 것을 슬퍼하지만 말고 좀 더 여유로워지고 좀 더 푸근해질 수 있다는 것에 즐거워하는 우리가 되면 좋겠습니다.

일상이라는 이름으로 묻힌 것들

코로나 병동에서 근무를 종료하고 2주간의 자가격리를 마치고 외출하였을 때의 일이었습니다. 그날부터 얼후라는 악기를 배우기로 한 터라 핑 곗김에 아침부터 홍대로 나섰지요. 아침에 일어나서부터 처음 수학여행 가는 거 마냥 설레더라고요. 그렇게 부푼 마음을 안고 밖으로 나섰습니다. 세상에 바람이 그렇게 세게 불고 추워서 밖으로 나온 인증샷도 겨우 찍었네요. 손이 시려서 주머니에 손을 찔러 넣고 지하철역으로 걸음을 재촉했지요.

그런데 평소 같으면 이렇게 추우면 짜증을 냈을 만도 한데 오늘은 추운 날씨조차도 음식에 알싸한 맛을 더 해주는 양념 정도로 느껴지더라고요. 짜증은커녕 차가운 바람을 만끽했습니다. 그렇게 지하철을 타고 홍대를 돌아다니는데 세상 온갖 것들이 신기합니다. 겨우 2주 집에 박혀 있었을 뿐인데. 그새 카페에서 커피를 마시는 것이 가능하더군요! 자가격리 전까지는 테이크아웃만 되는 세상이었는데~! 그리고 전철에 가득 차서 이리 밀리고 저리 밀리고 하면서도 그저 사람들이 이렇게 많다는 것이 신기하기만 했어요. 집안에서 자극 없는 음식만 먹다가 오래간만에 일본 카라이 라멘이라고 매운 라멘을 먹으며 자극적인 음식을 맛보며 "맛있네."를 연발했죠. 하다 하다 삼성 페이 쓰는 것도 신기했습니다.

밤거리를 쏘다니는 것도, 프리스비에 들어가 패드를 구경하는 것도, 명동성당에 가서 고해성사를 본 것도 그리고 자가격리 동안 벼르고 벼르던 얼후라는 악기를 배우기 시작한 것도요. 평소 같으면 별거 아니라고 지나갔을 것들도 심지어 짜증이 났을 상황에서도 2주 만에 만난 세상은 마치 처음 만난 듯 새롭게 다가왔어요. 삼성 페이를 사용하는 것과 얼후를 시작한 것이 거의 같은 정도의 자극으로 다가왔으니까요.

드라마에서 사랑하는 사람끼리 '우리 조금 생각할 시간을 갖자.'라는 게 그냥 하는 말은 아니라는 생각이 들었답니다. 아, 2주 떨어져 있었는데 이렇게 새롭게 다가오는구나 하고 말이죠. 오늘 한 일들만 생각해보면 그리 특별한 것은 하지 않았어요. 이발하고 돌아다니고 점심, 저녁 밖에서 먹고 카페 가서 커피 마시고. 얼후는 좀 특별하긴 했네요.. 그런데 하루가 정말로 순식간에 지나갔어요. 거의 매 순간순간이 흥미로웠거든요.

우리가 살면서 익숙해졌다는 이유로 흘려보내는 것들이 얼마나 많은지 생각해 보았습니다. 하루가 정말로 지겹고 어제랑 오늘도 똑같이 흘러가고.. 그러다 보면 무기력해지고 의미를 찾지 못해 우울해지는 날들이 찾아오죠. 그런데 생각해 보면 어제랑 똑같은 오늘은 있을 수 없습니다. 밖에 있는 나무만 봐도 다르고 날씨도 다릅니다. 또 주변 사람과의 관계도 다르거든요. 찬찬히 뜯어보면 어제와는 전혀 다른 오늘이 흘러가고 있는데 볼 생각도 없이 같은 시간 같은 공간, 같은 사람이라는 이유 때문에 넋 놓고 흘려보내는 시간이 많은 것 같아요.

이런 것들을 잘 발견하고 그 안에서 재미를 그리고 놀라움을 발견할 수 있다면 하루하루가 더 흥미진진할 텐데 말이죠. 마치 인터넷으로 물건을 사고 택배를 기다리는 설렘으로 하루하루를 살아갈 수 있다면 얼마나 하루하루가 컬러풀할까요? 단조로운 흑백이 아니고 말이죠. 재미있는 일도 없고 너무 무료할 때, 그리고 아무런 의미도 찾을 수 없을 때 주변을 조금 더 주의 깊게 살펴보세요.

얼마 전까지 원수 같았던 저 사람이 오늘은 좀 괜찮게 보이네? 저 사람은 오늘 나에게 와서 이런 이야기도 하는구나. 좀 친해진 건가? 하고 말이죠. 그리고 주변의 나무들, 하늘, 이런 자연들을 보면서도 하루하루가 다르다는 걸 느껴보세요.

이런 것들은 정말로 마음먹고 하지 않으면 계속 잊게 되는 것들이에요. 저 또한 그렇고요. 그러니까 조금 더 의식하려고 노력하면서 어제와 또 다른 오늘을 흥미롭게 감탄하면서 살아가는 우리가 되면 좋겠습니다. 그러다 보면 주변 사람들이 "너는 뭐가 그렇게 맨날 재미있냐?"면서 우리에게 긍정적인 의아함을 표출할 것이고 그 기운이 주변에까지 퍼져서 내 주변이 조금 더 컬러풀 해지는 것을 느낄 수 있게 될 겁니다. 이런 것은 자기가 느끼는 것도 중요하지만 다른 사람들과 나눌 때 배가 되는 것 같아요. 이런 이야기를 꺼내면 대부분 이상한 소리를 한다고 생각하는 경우가 많으니 내 주변에 이런 기운을 퍼뜨려서 감화시켜 놓으면 그 사람들도, 그리고 우리도 서로 시너지를 내고 세상을 경이롭게 보면서 활기차고 에너지 넘치는 따뜻한 사람들이 될 수 있을 겁니다. 그런 의미에서 저는 글을 쓰고 있지요. 많은 사람들과 함께 마음 따뜻해지는 소통을 하려고 말입니다. 그러면 또 하루 주변을 살피며 세상을 놀라움의 눈으로 바라볼 수 있는 우리가, 그리고 그것을 남들과 나눌 수 있는 우리가 되면 좋겠습니다. 다들 파이팅입니다~!!

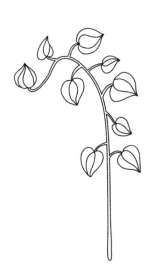

그게 진짜로 당신을 위한 건가요?

신학교 과목 중 윤리를 가르치시던 교수 신부님께서 항상 강조하시던 이야기가 있었습니다. 그건 '자유'에 대한 이야기이죠. 윤리가 뭘까요? 사람들이 함께 살기 위해서 최소한 지켜야 할 약속? '같이 살려면 이 정도는 참아야지!'라고 하면서 우리의 자유를 억압하는 것이 윤리일까요? 저는 그것이 당연하다고 생각했어요. 다들 제멋대로 살면 세상은 난장판이 될 테니까요. 그런데 교수님은 '아니다!!'라고 말씀하셨습니다.

잠깐 생각해 볼까요? '자유'가 뭐라고 생각하시나요? 자기가 하고 싶은 걸 하는 것? 맞습니다. 그럼 그게 왜 하고 싶을까요? 왜냐하면 그게 그 사람한테 좋은 거니까요. 슬슬 철학 특유의 말장난이 시작되는 것 같죠? 근데 우리가 좋다고 생각하는 건 두 가지가 있습니다. '진짜 좋은 것'과 '좋은 것처럼 보이는 것'이죠. 우리가 정말로 기본적으로 가치 있다고 좋은 거라고 이야기하는 것 있잖아요. '생명', '사랑' 뭐 그런 것들이요. 다들 그건 좋은 거지 라면서 고개를 끄덕일 만한 것들.

그런데 가끔은 내 상황 때문에 정말로 좋은 건 가려지고, 뭔 이상한 것들이 좋은 것처럼 보일 때가 있습니다. 예를 하나 들어볼까요? 저는 원래 라면을 2개 정도 먹을 수 있어요. 그런데 먹을 것이 없어서 3일을 굶었네요. 그러다가 라면을 무제한으로 먹을 수 있는 곳에 갔습니다. 그리고 10개를 먹었죠. 그 배가 너무 고픈 상황에서 라면 10개는 '좋은 것'이라고 생각했을 겁니다. 하지만 평소 양보다 5배나 더 먹은 저는 먹고 나서 소화도 못 시키고 다 토하고..난리도 아니었을 거예요. 그렇다면 라면 10개 먹은 건 나한테 진짜로 '좋은 것'이었을까요? 아닐 겁니다. 라면을 2개 정도 먹는 게 맞는 선택지였겠죠. 하지만 배가 너무 고픈 나머지 그 순간 라면을 10개 먹는 것이 더 나에게 좋은 것이라고 생각이 들었을 꺼에요.

이렇게 가끔 우리는 '진짜로 우리에게 좋은 것'과 실제로는 그렇지 않은데 '좋아 보이는 것'을 혼동합니다. 그래서 진짜 자유라는 건 자기에게 진짜로 좋은 것, 진짜로 내가 하고 싶은 것을 하는 것이고 그러기 위해서 진짜로 나에게 좋은 것, 내가 하고 싶은 것이 뭔지를 아는 것이 중요하고, 그걸 도와주는 것이 윤리라고 설명하셨습니다.

이건 정말로 중요하게 생각해 볼 문제인 것 같아요.

아이들 같은 경우 범죄를 저지를 때 대부분 친구와 함께하는 경우가 많습니다. 그 시기에는 다른 어떤 가치보다 친구 관계가 우선인 경향이 있으니까요. 그래서 그 시기에는 친구가 함께하는 것이 '좋은 것'이라고 생각을 합니다. 그리고는 친구와 함께 돈을 훔치거나 누구를 때리거나 하면서 그것이 친구를 돕는 '좋은 것'이라고 생각해요. 하지만 옆에서 보는 우리는 그것이 그 아이에게 '진짜로 좋은 것'이 아니라는 사실을 알고 있죠. 이렇게 우리는 우리에게 진짜로 좋은 것이 무엇인지에 대해서 알아야 해요. 그리고 사람들에게 알려주어야 합니다.

이러한 문제를 꺼내기 시작하면 정말로 난감한 윤리적인 문제들이 있습니다. 삶이 너무 힘들어서 자살을 선택하는 안타까운 일들, 그리고 실수로 아이를 가졌는데 어차피 태어나면 아이도 힘들 거라며 낙태를 하는 이야기같이 말이죠. 분명히 이 상황에 있던 분들은 그 시점에서 그런 선택이 자신에게 좋은 것으로 생각하고 결정한 걸 거예요. 그런데 이게 정말로 맞는 결정일까요. 이런 결정들이 그분들에게 '진짜로 좋은 것'이 맞을까요?

저는 그런 상황을 경험해보지 않아서 그분들의 상처, 무력감, 두려움 같은 것들을 알 수는 없어요. 그래서 그런 분들에게 '진짜로 좋은 게 뭔지 생각해 보세요.'라고 말할 자신은 없습니다. 그 상황을 모르는 사람의 이야기는 그저 위선자의 이야기로 들릴 수도 있거든요. '네가 이 상황이 아니라 쉽게 말할 수 있는 거야.'라고 생각할 테니까요. 그래서 저같이 말도 잘못하고 논리도 부족한 무지렁이는 그저 옆에 함께 있어 줄 수밖에 없을 것 같아요. 그냥 이야기 들어주고, 힘들었던 상황들 위로해주고 공감해주면서 힘이 좀 나게 만들어주면.. 자기 힘으로 조금은 생각할 수 있지 않을까요? 그 상황을 조금 떨어져서 바라볼 힘이 생긴다면, 조금은 이성적으로 생각할 여유가 있다면 인간은 본능적으로 자기에게 '정말로 좋은 것이 뭔지'알아볼 수 있다고 생각합니다. 상황에 눈이 가려지지만 않는다면 말이죠.

그러니까요. 우리는 어떤 선택에 후회하지 않으려면 '이게 정말 나한테 최선인가. 나한테 진짜로 좋은 것이 맞나?'라고 한번 생각해 보세요. 그런데 혼자 생각하면 자신의 상황에 파묻혀서 더 안 좋은 생각만 들 테니 나를 잘 아는 누군가에게 가서 도움을 요청하세요. 그리고 함께 나에게 진짜로 좋은 것을 생각해 보세요. 그리고 누군가가 만약 이것 때문에 힘들어한다면 함께 있어주세요. 그 사람을 가르치거나 그 사람의 부족함을 탓하지 말고요 그냥 같이 있으면서 힘을 주세요. 그러면 자기 상황에 대해 조금은 건강하게 생각해볼 힘을 가지게 될 겁니다.

윤리란 그런 거라고 하셨습니다. 우리가 가고 싶은 곳으로 못 가게 하는 바리케이드가 아니라 우리가 옳은 곳을 향할 수 있게 도와주는 가이드라인이라고. 그러니까 우리에게 진짜로 좋은 것을 찾을 수 있도록.. 그리고 다른 이들이 진짜로 좋은 것을 찾고 선택할 수 있게 도와주는 우리가, 그래서 내 주변을 좀 더 따뜻하게 만들어가는 우리가 되면 좋을 것 같습니다.

느슨하게 사는 연습

우리는 살면서 참 많은 계획을 세웁니다. 오늘은 뭐하고 누구를 만나고, 이번 주에는 이런 일들을 하고, 올해에는 이것들을 하고. 그렇게 우리가 계획을 세울 때는 이것들을 다 지키겠다는 생각들이 바닥에 깔려 있어요. 그렇게 지금 내가 세워놓은 계획들이 가장 좋은 길이라는 것에 한 점의 의문도 품지 않은 채 그것만이 모범답안이라고 생각하고 그대로만 해나가려고 하죠.

그러다가 계획대로 일이 풀리지 않으면 짜증이 납니다. 오늘까지 어떤 일을 끝냈어야 했는데 갑자기 친구에게 연락이 와서, 갑자기 생각지 못한 약속이 잡혀서, 일이 생겨서 계획에 차질이 생기죠. 그러면 나의 계획을 망친 상황에, 그리고 사람에게, 궁극적으로 나에게 짜증이 납니다. 그런 짜증들이 쌓이다 보면 일상생활을 하는 내 얼굴 표정이 달라지죠. 내가 계획을 지키지 못한 것이 나의 부족함을 드러내는 것이라 생각하고 창피해하고, 그 책임은 나한테 있는 것이 아니라고 애써 부정해보지만 깎이는 자존감과 늘어가는 짜증은 어쩔 수가 없어요. 그러다 보면 점점 예민해집니다.

'다음 계획은 꼭 성공해야 해, 사람들의 부탁을 무시하더라도 내 계획을 우선시해야 해.'라고 말이죠. 그러다 보면 주변에 사람들이 하나둘 떠나갈 겁니다. 생각보다 사람들은 촉이 좋아요. 이 사람이 나를 편하게 대하는지, 불편해하는지에 대해 본능적으로 느끼거든요. 그래서 자기 일에만 열중하느라, 다른 사람들을 짐 덩어리나 방해물로 생각하고 있다면 사람들은 그걸 느낀다는 것이죠.

하지만 한번 생각해 보세요. 정말로 그게 모범답안인가요? 내가 지금 세운 계획이 그렇게 완벽해요? 주변 사람들을 다 떠나보낼 만큼?

제 경험을 하나 이야기해 볼게요. 제가 전라도 광주에 있는 성당에서 교리교사를 할 때 이야기인데, 하루는 무슨 신청을 하러 서울까지 가야 한다는 것이었죠. 우편으로도 안되고 굳이 성당마다 한 명이 가서 신청해야 한다는 데 당시에 일 안 하는 대학생이 저밖에 없어서 제가 가야 한다는 것이었죠.

그때 저는 자꾸만 계획이 흐트러져서 한창 예민할 때였거든요. 마음대로 일은 안 되고 짜증은 나는데 갑자기 알지도 못하는 서울을 1박 2일로 그것도 제 돈을 내고 다녀오라니까 엄청 화가 났죠. 그래도 저밖에 없다니까 씩씩대면서 전라도 광주에서 서울까지 갔습니다. 그런데 가면서 혼자만의 시간을 가지면서 생각할 시간도 많아서 그때까지 짜증났던 일들을 정리하는 시간이 생겼고, 내 삶을 정리할 시간이 주어지면서 그 때까지 짜증으로 가득 찼던 생활이 어느 정도 정리되고 기분이 상쾌해졌어요. 그리고 가벼운 마음으로 다음날 광주로 돌아왔죠.

그때부터 생각했습니다. '아, 꼭 내가 생각한 대로 일이 되지 않아도 이런 식으로 오히려 일이 잘 풀릴 때도 있구나.'라고 말이죠. 이걸 한번 생각하니까 다음에도 그다음에도 비슷한 경험이 눈에 들어오는 거였어요. '어, 이번에도 계획이 틀어졌는데 오히려 내가 생각한 것보다 결과가 좋은데?'라고 말이죠.

이런 경험들이 쌓이다 보니까 '계획을 세우는 건 좋지만, 혹시 틀어지더라도 꼭 내가 생각한 길만 고집하지 않아도 되겠구나. 오히려 잘 되기도 하네.'라며 초월 아닌 초월을 할 수 있게 되었죠.

그래서 그 뒤로는 누군가가 아니면 어떤 상황이 내 계획을 방해할 때 짜증 내기 보다는 이걸로 또 다른 좋은 결과가 나올 수도 있지 않을지 오히려 기대하게 되는 경우도 생기더라고요. 그래서 내 계획에 속하지 않은 사람들이 나에게 다가올 때 좀 더 여유롭게 그 사람들에게 시간을 내어줄 수 있게 되었어요.

이것은 살면서 굉장히 중요한 것 같습니다.

내 옆을 누군가에게 내어줄 여유가 있다는 것 말이죠. 사람들은 그런 사람들 옆에 와서 쉬고 가거든요. 딱히 뭘 해주지 않아도 괜찮아요. 그 사람이 힘들 때 딱히 답을 주지 않아도 옆에서 함께 있을 존재가 있다, 나를 불편해하지 않는 사람이 있다는 것만으로도 사람들은 위로를 얻고 힘을 알아서 얻어가더라고요. 그러니까 그런 여유를 가지고 내 옆을 내어줄 수 있는 사람이 되면 좋겠습니다. 그런 사람들이 많아지면 정말로 서로에게 기대어 함께 만들어가는 아름다운 세상이 될 수 있지 않을까요?

이런 여유는 다른 사람들을 위한 것이기도 하지만 궁극적으로는 나를 위한 것이에요. 계획을 반드시 지켜야 한다는 강박 속에서 사는 것이 얼마나 힘든 일인지 다들 아실 겁니다. 그것으로부터 자유롭다는 것이 얼마나 큰 것 인지도요. 이렇게 되는 데는 다른 노력보다도 그 상황들을 알아보고 기억하는 것들이 중요합니다. 이번에는 운 좋게 넘어갔다고 그냥 흘려버리는 것이 아니라 그 상황들 속에서 의미를 찾고 기억하는 것이 중요하다는 거죠. 그래야 비슷한 상황이 나에게 왔을 때 그것이 전에 있던 깨달음의 연속임을 생각할 수 있게 되고 나의 깨달음에 확신을 불어넣어 줄 수 있거든요.

그러니까 한번 최근에 내 계획이 틀어졌던 일들을 생각해 보세요. 그 계획이 틀어졌을 당시 세상이 무너지는듯한 실망감과 당혹감이 있었을 텐데. 정말로 모든 일이 끝났을 때도 그 정도로 난리가 났었나요? 계획을 틀어졌을 때는 실망감이 어마어마했지만, 시간이 지나고 나니 더 좋은 기회가 찾아왔던 경험이 분명히 있을 겁니다. 그것들을 많이 떠올려보세요. 그리고 그러한 일들이 나에게 계속 있어왔고, 앞으로도 나에게 올 일들이라는 것을 생각할 수 있을 때 앞으로 나에게 다가오는, 나의 계획을 무너뜨리는 상황에서도 실망하거나 짜증 내지 않고 그 상황을 흘러갈 수 있는 우리가 될 것이고 그만큼 여유로운 모습으로 사람들에게 보일 수 있고, 사람들은 그 여유로운 사람에게 와서 함께하고 싶어하게 되겠죠. 처음엔 잘 안 될 겁니다. 이렇게 말하는 저도 잘 안 되는 경우가 많으니까요. 하지만 연습해 둔다면 내가 삶을 대하는 자세가 조금은 유연해짐과 동시에 주변 사람들이 그리고 세상 사람들이 쉬어갈 수 있는 여유롭고 큰 나무 그늘이 되어 줄 수 있는 영리한 호구가 될 수 있지 않을까 생각합니다.

자책하지 않기

올가을에 하루는 전동 스케이트 보드를 타고 병원에 출근했습니다. 그런데 아침에 늦잠을 자 버린 거에요. 그래서 허겁지겁 옷을 집어 입고 스케이트보드를 끌고 나와서 타고 오다가 병원 바로 앞에서 브레이크를 잡았는데 생각보다 속도가 빨랐는지 앞으로 넘어져서 왼쪽 손바닥 아랫부분 피부가 좀 벗겨졌습니다.

우리가 다쳤을 때 정말 심한 통증 중에 하나가 피부가 벗겨지는 겁니다. 신경들이 엄청 예민하거든요. 그래서 과산화수소로 소독을 하고 빨간약으로 소독을 하면서 '아, 이래서 환자분들이 빨간약을 싫어하는구나.'라는 것을 느꼈습니다. 빨간약이 효과는 제일로 좋은데 정말로 아프거든요. 그렇게 제 왼손은 거의 봉인 당하다시피 했습니다.

왼손은 물이 들어가도 안 되고, 어디 닿으면 아프고, 메디폼을 붙여 놓으니 계속 진물이 고이고 고이다 터지고 또 소독하면서 정상적인 생활이 어려워지더군요. 어느 날은 손도 제대로 못 닦고, 처음에는 샤워도 못했고, 머리도 겨우겨우 감았습니다. 온몸 중에 정말 작다고 할 수 있는 손바닥만 다쳐도, 손바닥이 다 다친 것도 아니고 손바닥 아래쪽 3 X 5cm가량의 상처가 제 삶을 바꿔 놓았죠. 개인 위생에 신경도 잘 못 쓰고, 운동도 제대로 못 했고, 인스타그램에 글 쓰는 것도 손이 아프다는 핑계로 안 쓰고.. 아무튼 굉장히 나태한 하루하루가 지났습니다.

그러면서 이런 생각이 들었어요. 이렇게 조금 다친 것으로도 일상생활에 작은 금이 가는데, 우리 마음이 다쳤을 때는 과연 어떨까? 하는 생각 말이죠. 그리고 예전에 제가 마음에 상처를 받고 힘들어 할 때가 생각났습니다. 악순환이었어요. 내 삶을 이끄는 마음이 다친 것은 차의 엔진이 다친 것과 같아서 아무것도 할 수 없을 정도로 아무런 흥미도 힘도 낼 수 없는 상황이었거든요. 심지어 밥을 먹는 것도, 게임을 하는 것도 귀찮아서 계속 자고만 싶은, 졸려서 자는 것이 아니라 그냥 생활할 마음이 없어서 그냥 삶을 꺼버리고 싶은 마음이 들다가, 그렇게 나약해진 나를 보면서 더 실망하고 이렇게 부족한 놈이 뭘 할 수 있겠냐고 자책하면서 마음이 더 다치고.. 이렇게 악순환이 계속되면서 깊이깊이 가라앉은 적이 있었습니다.

그런데 지금은 생각합니다. 마음이 다쳤을 때 힘들어하고 가라앉는 것은 당연하다고 말이죠. 손바닥의 작은 부분만 다쳐도 일상생활에는 금이 갑니다. 하물며 내 삶을 끌어가고 있는 나의 마음이 다쳤다면, 아무것도 못 하는 것이 당연하죠! 그걸 내가 부족해서, 내가 어른스럽게 받아들이지 못해서라고 생각하며 자신을 탓한다면, 그건 잘못된 생각이라고 생각해요. 누구나 그 상황은 힘든 겁니다. 누구든지 그럴 때는 아무것도 못 하고 가만히 그 시간이 지나가기만을 기다릴 수밖에 없어요. 적어도 내가 자책을 하면서 그 기간을 늘릴 필요는 없다는 것이죠. 그건 내가 부족해서 힘을 낼 수 없는 것이 아니라 내가 인간이기 때문에 힘을 낼 수 없는 겁니다. 다른 사람들도 그런 상황에서는 힘들어하고 있어요. 다만 내가 그걸 모르는 것일 뿐이죠.

그러니까 지금 마음이 너무 아픈 상황에 있다면요, 일단 자기가 아프다는 것을 인정해주세요. 그건 부끄러운 게 아니에요. 오히려 마음 아픈 일이 없다면 그건 성숙하고 어른스러운 것이 아니라 '이상한 것'입니다. 그러니까 너무 두려워하지 말고 내 마음이 다쳤다는 것을 인정해주세요. '나는 지금 마음이 힘든 상태구나.' 라고 말이죠. 그리고 내가 지금 힘이 없는 것은 당연하다는 걸 생각해주세요. 내가 못나고 부족해서 힘든 게 아니라요 그냥 내 상황이 힘든 거라고 말이죠. 그리고 자책하지 말고 그 시간을 버티고 견뎌보세요.

마음이 다친 상황에서는 정말 어떤 노력도 힘들어요. 하지만 어느 날 갑자기 자고 일어났더니 힘이 난다든지, 아니면 아무런 이유 없이 조금 밝아진다든지 하면서 그 시기는 지나갈 겁니다. 하지만 자책을 한다면 그 기간을 늘릴 뿐이죠. 그러니까 내가 힘든 시간 중에 있다는 것을 인정하고 받아들여 주세요. 그리고 잠시 이렇게 하기 싫어도 괜찮다고 자신을 다독여 주세요. 그리고 좀 쉬세요. 이때 제일 하지 말아야 할 것이 밤에 잠 안 자고 생각을 많이 하는 겁니다. 제가 많이 해봤는데요. 이렇게 힘든 시기의 밤에는 그냥 주무세요. 밤에 생각을 거듭할수록 해결책을 찾기는커녕 우리의 생각은 더욱더 어두운 면만 보게 되고요 그러면서 점점 절망으로 빠지는 악순환이 되더라고요. 그러니까 차라리 밤에는 푹 쉬고 밝은 낮에 생각하세요. 그러다 보면 어느새 힘든 시간이 지나고 다시금 하나 둘 씩 원래의 삶으로 돌아갈 수 있을 겁니다.

　그러니까 주변에 마음이 힘든 시기에 있는 누군가가 있다면요, 어떤 답을 주려고 하기보다는 그냥, 지금 아무것도 하지 않아도 괜찮다고 말해주세요. 너무 애쓰지 않아도 된다고 말이죠. 그리고 내가 지금 그런 상황이라면, 나에게 말해주세요. 너무 애쓰지 않아도 괜찮다고, 지금 힘든 건 내가 부족해서가 아니라 상황이 그런 거라고 말이죠. 그렇게 자신에게, 그리고 누군가에게 '시간'을 줄 수 있는 우리가 되면 좋겠습니다.

세상 사는 게 나만 힘들진 않아요

언젠가 정말로 너무나 힘들었던 한 주가 있었습니다.

제가 맡고 있는 환자들의 수도 많았고, 거기다가 상태가 좋지 않은 환자분이 세 분 정도 계셨는데 그분들은 워낙 연세도 있으시고 전신적으로 컨디션이 좋지 않은 상황이라 약을 쓰지 않으면 혈압도 유지가 안 되고 폐가 좋질 않아서 산소를 공급해 드리지 않으면 몸 안의 산소가 부족해지는 분들이었거든요. 환자들은 계속 안 좋아지고, 그렇게 되면 다른 환자를 보다가도 그분들이 위험한 상황이라고 연락이 오면 또 바로 가서 봐야 하고, 그리고 그렇게 일이 늦어지다가 퇴근이 늦어지면 10시 정도에 집에 오고 다음 날 6시 30분까지 병원에 가고……. 이런 생활이 반복되다 보니 정말로 힘들었습니다. 몸도 힘들고 마음도 힘들었고요. 그래서 정말로 그때는 제가 세상에서 제일 힘든 사람인 양 하고 살았었죠.

그러다가 주말에 인스타그램에서 만난, 각자 너무나 다른, 웬만해선 모일 수 없는 조합의 사람들이 모였습니다. 그렇게 모여 각자 사는 이야기, 살아온 이야기들을 하면서 다들 각자 참 힘들게 살아왔고 또 살아나가고 있다는 것을 느끼는 시간이었어요. 이런 생각들이 올바른 생각은 아니겠지만, 가끔 내가 너무 힘들 때 생각하는 건 다른 사람들도 힘들겠지? 라는 생각입니다.

저는 사람의 건강과 생명을 직접 다룬다는 이유로 스트레스가 더 심할 것이라 생각하지만 과연 다른 사람들은 안 그럴까요? 다른 사람들의 돈으로 투자를 해주는 사람들은 그 투자가 잘못되었을 때 얼마나 더 큰 절망과 힘든 것들이 있겠어요. 그리고 저는 그래도 퇴근한 시간 만큼은 병원에 있는 당직 선생님이 제 환자를 봐주고 있으니 신경 쓰지 않아도 되지만 세상엔 퇴근했다고 끝이 아닌 일들도 많은 것 같아요.

특히나 인스타그램을 일로 이용해야 하는 분들 같은 경우는 얼마나 일상에서 스트레스를 받을까요.. 저는 인스타에 발가락만 담그는 정도로 활동을 하니 댓글 하나하나가 달리면 그저 신기하고 감사할 따름인데, 인스타가 일이 되고, 이것이 수익과 관련이 된다면, 이 안에서 다른 이들과 경쟁해야 한다면..너무 큰 스트레스가 아닐까요? 회사라는 공간과 달리 인스타는 손바닥 안에서 항상 볼 수 있고, 무의식적으로 보게 되는 것이니까요. 병원에서의 삶과 비교해보면 병원이라는 일터에서 벗어나지 못하고 병원에 주구장창 있는 것과 뭐가 다르겠어요.

다른 이들도 각자의 어려움이 있다는 것, 내가 우울해지는 건 세상에서 내가 가장 어렵고 힘든 상황이라고 느끼고, 더군다나 주변 사람들은 다들 즐겁고 행복하게 살아가고 있다고 생각할 때 상대적 박탈감을 느끼고 더 우울해지는 경우가 있어요. 하지만 다들 어려움이 있다는 것을 생각하면 조금은 위안이지 않나요?

이건 '저 사람보다는 그래도 내가 나아.'라는 위로가 아니에요. 내가 큰 잘못을 하고 내가 너무 모자라서 이렇게 힘든 게 아니라는 것이 위로의 포인트죠. 왜냐하면 정말로 뛰어나 보이는 사람들, 한 기업을 이끄는 CEO도, 시험을 앞둔 수험생들도, TV에 나오는 연예인도 너무나 멋지고 능력 있는 사람들이지만 가슴엔 각자 고민과 슬픔, 그리고 우울을 느끼니까요. 그래서 내가 지금 힘든 것은 내가 부족하고 못나서가 아니라 사람이기 때문일 겁니다.

이렇게 생각하면 조금 다르지 않을까요? 내가 지금 부러워하는 저 사람도 나와 같은 고민을 품고 있는 인간이라고 생각을 한다면, 그 사람과 왠지 모를 동질감과 위로를 느끼게 되는 것 같아요. 그렇게 서로가 서로에게 동질감을 느끼고 위로의 눈빛으로 서로를 바라본다면 세상이 좀 더 함께 하는 따뜻한 세상이 될 수 있지 않을까요? 잘나가는 사람을 볼 때 그 사람을 질투하고 그 사람과 비교하며 나를 깎아내리기보다는, 저 사람도 나와 같이 고민하고 있고, 어려움을 느끼고 있는 사람이라는 사실을 생각하면 좀 더 서로에게 관대해질 수 있지 않을까 생각합니다.

여러분 힘드신가요? 저도 힘듭니다. (하하.) 하지만 바다에 밀물과 썰물이 있듯이 어려움이 몰려왔다가 그 뒤로 행복이 몰려오기도 하니까요.. 너무 지금 상황에만 매이지 않고 조금 멀리 볼 수 있는 눈도 필요할 겁니다. 그리고 다른 이들의 어려움을 품을 수 있는 따뜻한 눈까지 말이죠. 세상을 따뜻하게 만들기 위해 이 책을 집어 드신 여러분들이라면 이미 참 따뜻한 분들이실 겁니다. 그러니까 어려움에 우울해질 때 함께 아파하며 살아가고 있는 우리 모두가 있다는 것을 생각하면서 조금 더 버텨보면 어떨까요? 나만 특별히 부족해서 어려움을 느끼는 게 아니라 인간이니 당연히 느끼는 것이라는 위로를 받으면서 말이죠.

아픔에 숨겨진 아픔

앞의 글에서 소개했지만 저는 전동 스케이트보드를 타다가 넘어져서 손바닥이 홀랑 까졌었습니다. 그때는 정말로 많이 아팠어요. 손바닥 피부가 쓸려서 5cm정도 벗겨졌거든요. 하지만 심하게 넘어진 것 치고 부러지거나 삔 데가 없다는 것은 진짜 다행이었습니다. 그리고 손바닥의 상처가 어느 정도 나아갈 때쯤이었어요. 갑자기 손바닥이 아픈 게 조금 나아지니까 손목이 조금씩 뻐근해지는 거였어요. 손목을 굽히거나 펼 때 조금 빡빡한 느낌이 들더니 헬스장 가서 운동을 하면서 확실히 알았습니다. 손목이 이상하구나. 아마도 그때까지는 손바닥의 까진 상처가 너~무 아파서 상대적으로 덜 아픈 손목의 통증이 묻혀 있다가 손바닥의 통증이 어느 정도 사라지니 깔려있던 손목의 통증이 그제야 느껴지는 것 같았습니다. 결국, 저는 손목도 다친 상태였던 것이죠. 그냥 손바닥이 더 아파서 못 느꼈을 뿐이지.

뭔가 짜증이 났습니다. '손바닥이 나았더니 이제 손목이 아프다고?' 하고 말이죠. 그러다가 생각이 조금 바뀌어서 이런 작은 통증이 느껴진다는 것은 더 큰 상처와 아픔이 조금은 나아졌다는 반증이 아닐까? 라는 생각을 하게 되었습니다.

그러니까 손목의 통증이 새롭게 느껴지는 지금은 전에 없던 손목의 통증이 새롭게 나타났다는 짜증을 내야 하는 것이 아니라 나에게 더 큰 통증인 손바닥이 거의 나았기 때문이라는 것에 오히려 좋아해야 하는 것은 아니겠냐는 생각을 하게 되었죠. 손목의 통증도 손바닥의 통증도, 두 가지 모두 나한테 '원래' 있던 것인데 더 큰 아픔이 조금은 아물었다는 이야기이기도 하니까요. 조금 상황이 나아졌다고 생각할 수도 있지 않을까요?

우리는 살면서 자기 자신의 트라우마나 나의 약점들을 조금은 받아들이면서 성장해 갑니다. 과거 누군가에게 받았던 상처 때문에 힘들어하다가 조금씩 극복해가기도 하고 너무나 미웠던 누군가를 서서히 용서하면서 내 안의 응어리들을 풀어가기도 하죠. 그런데 항상 일들은 내 맘대로 이루어지지 않습니다. 조금 나아졌다고 생각하면 예전에 몰랐던 나의 또 다른 부족함이 또 다른 상처가 갑자기 나타나서 나를 '새롭게' 괴롭히거든요. 그렇게 좋아진다고 생각하다가 이런 문제들이 올라오면 절망에 빠지기 쉬워집니다. '그럼 그렇지.. 내가 뭘 성장하겠어. 이 문제가 지나가도 또 새로운 문제가 나타나서 괴롭히겠지. 결국 내가 해결한 것은 하나도 없는 거잖아.' 라고 말이죠. 내가 부족해서, 문제를 잘 해결하지 못해서 또 다른 문제가 생기는 거라고 자책하고, 무기력해져서 다 놔버리고 포기하고 싶은 마음으로 가득 찹니다.

그런데 이것도 저의 손바닥과 손목의 통증과 비슷하게 생각할 수 있지 않을까요?

우리가 생각하는 '새롭게 나타난 나의 약점'은 사실 새롭게 나타난 게 아닐 거예요. 원래부터 내 안에 있던 약점이고 문제였죠. 그런데 그게 '새롭게' 나타났다는 것은 그걸 덮고 있던 더 큰 상처와 아픔을 내가 이겨냈다는 이야기가 되지 않을까 생각합니다. 그전에는 너무나 큰 상처로 덮여서 작은 약점 같은 것은 느낄 새도 없었는데 내가 그 문제를 어느 정도 받아들이고 해결하고 나니 이제 그 밑에 숨겨져 있었던 작은 아픔들이 스멀스멀 느껴지기 시작하는 것이죠.

이런 생각을 하는 게 무슨 소용이냐고 물어볼 수도 있어요. 어차피 아픈 게 이어지는 건 똑같은 거 아니냐고 말이죠. 하지만 저는 자신 있게 '다르다'고 이야기 하고 싶습니다. 내가 새로 느낀 아픔이 원래 내 안에 있었다는 것은 어찌 되었건 나의 아픔중의 하나는 해결되었다는 것이고, 나는 앞으로 나아가고 있다는 것이니까요. 정말로 새롭게 생겨난 아픔이라고 생각하면 전혀 희망을 가질 수 없을 거예요. 내가 이걸 해결해도 어디선가 뜬금없는 새로운 문제가 생길 테니까요. 하지만 원래 내 안에 있던 문제라면 이렇게 하나씩 해결하다 보면 언젠가 전체적으로 느끼는 아픔이 하나둘 해결되면서 옅어질 것이라는 희망이 있는 것이니까요. 제 손바닥이 나은 다음 전혀 새로운 손목의 통증이 생겼다면 이건 희망이 없어요. 왜냐하면 또 새로운 통증은 생길지도 모르는 것이니까요. 하지만 손바닥과 손목의 통증이 둘 다 내가 가지고 있던 것이라면…… 손바닥의 통증이 옅어지고 손목이 아프기 시작할 때, '아… 이제 이것만 해결하면 난 건강해 지겠네.' 라는 희망이 있는 것이니까요.

그러니까요.. 하나의 문제가 조금은 해결되었다고 느낄 때 다른 문제가 생겨 나를 힘들게 한다면 자책하면서 포기하지 말고 한 번 생각해 보세요. 그전에 가지고 있던 문제가 제대로 해결되어서 나를 아프게 하는 통증이 조금은 줄었기 때문에 그 밑에 있던 다른 아픔이 나온 것 아닐까? 이렇게 하나씩 해결해나가다 보면 내가 가진 아픔들이 줄어들겠네! 라는 희망을 품어 보자는 것이죠.

우리가 아픔을 이겨내려는 노력들, 나의 약점을 받아들이는 것들, 그리고 성장하려는 노력들은 절대로 헛된 것이 아닙니다. 다른 문제들과 아픔들이 막아설지 몰라도 자신이 가는 길을 의심하지 않으면 좋겠어요. 물론 계속해서 잘못된 길 같고, 의심은 끊임없이 들 것이고, 수없이 자책할 거예요. 하지만 그래도 하나만은 잊지 말았으면 좋겠습니다. 나의 앞을 새롭게 가로막는 이 문제는 내가 그 전 문제를 훌륭히 통과했기 때문에 나타난 것일 수도 있다는 것을 말이죠. 그리고 이것들이 무한한 것이 아니라 내가 가진 문제들로 한정되어 있으니 하나씩 해결하다 보면 꼭 조금씩 나아지리라는 것을 말입니다.. 그렇게 자신을 의심하지 않고 자신 있게 한발씩 내디디며 나아가는 우리가 되면 좋겠습니다. 그리고 언젠가 나의 경험들을 다른 이들에게 나누어주며 위로가 되어줄 수 있는 영리할 호구가 되어 세상이 조금은 여유로워지고 따뜻해지길 바랍니다.

변화의 근육통

손을 다치고 나니 운동도 안 하고, 먹기만 하면서 2주를 지내고.. 2주 만에 헬스장에 갔습니다. 손이 거의 낫긴 했지만, 혹시 모른다며 하체 운동을 권해주셔서 했죠. 그리고 다음 날 병동에 굴러다니는 휠체어를 잡아타야 하나 하는 생각을 했습니다. 병동으로 올라가려 계단을 오르내릴 때 심지어 평지에서 걸어 다닐 때조차도 다리와 엉덩이가 비명을 지르더군요. 입에선 저절로 아이고 라는 탄식이 흘러나왔고요. '아, 내가 어제 운동을 했구나.' 라는 것을 매 순간 느끼는 하루가 되었습니다. 그런데 운동하시는 분들 이야기를 들어보면 운동을 하고 났는데 근육통이 없으면 짜증이 난다고 합니다. 왠지 내가 운동을 안 한 것 같은 느낌이 든다고 하시더라고요. 그리고 처음에는 저처럼 그냥 힘들지만 버티면서 겨우겨우 운동하던 사람들이 자신의 몸이 변하는 것을 보고 나면 욕심이 생겨서 시키고 강요하지 않아도 자기가 시간 내서 즐겁게 운동을 한다고 합니다. 처음에 재미를 붙이기까지의 시간을 버티는 것이 관건이겠죠. 그다음부터는 제가 좋아서 하게 될 테니까요.

요즘 인스타그램을 보거나 서점을 가거나 유튜브를 보면 살아가는 자세에 대한 정말로 많은 이야기들이 쏟아져 나옵니다. 멀리서 찾을 것 없이 제 이야기들도 '우리 이렇게 살아볼까요? 이렇게 살면 조금 더 행복하기도 하고 더 따뜻한 세상을 만들 수 있을 겁니다.'라고 이야기를 하는 것이니까요. 그런데 아무리 좋은 이야기를 듣고 많은 이야기를 들어도.. 들을 때는 그것이 모든 것의 해답인 것 같고 당장 내일부터 해야겠다고 생각을 하지만 막상 그렇게 내 삶을 바꿔나가는 것은 정말로 어렵습니다. 그리고 어떻게 사람들이 다 다른데 저 사람의 말이 내 삶에 맞겠어? 라며 변하지 못하는 나를 슬쩍 변호합니다.

그런데요. 2주만 쉬다가 운동을 해도 우리 몸의 근육들은 비명을 지릅니다. 하물며 평생을 내 방식대로 살아온 내가 다른 방식을 받아들였을 때, 존재를 뒤흔드는 불안감과 불편감이 있지 않을까요? 우리가 운동 초기에 근육통이 오면 '이렇게 아플 때 더 운동을 하면 다치기만 할 테니까 오늘은 좀 쉬어줘야겠어.'라고 그것이 아니라는 것을 머리로 알면서도 자기합리화를 하며 변화를 주저하는 것. 어떤 글을 읽고 그 방식으로 몇 번 행동해보다가 '저 방식은 다른 사람들한테는 맞을지도 모르지만 '나'한테는 맞지 않는 방식인 것 같아. 저 사람이랑 나는 전혀 다른 삶을 살았잖아.' 라며 나의 주저앉음을 합리화하는 것.. 비슷하지 않나요?

위에서 말했지만 2주만 쉬다가 운동을 해도 힘들어요. 그러니 평생의 삶의 방식을 바꾼다는 것은 더더욱 쉽지 않을 겁니다. 그래서 주저하는 것을 뭐라고 할 수는 없어요. 하지만 그 시기를 꾹 참고 지나갔을 때.. 운동하면서 몸의 변화를 느끼고 재미를 느껴 일부러 시간 내서 운동하는 사람이 되어 변화를 가속하듯, 내 삶의 방식이 변하면서 나도 모르게 내가 받는 스트레스가, 주변 사람들을 대하는 말투가, 그리고 내 주변으로 모이기 시작하는 사람들을 느끼면서 거기에 재미를 느껴 누가 말려도 나의 삶을 변화시키려 노력하는 내가 되지 않을까요?

변하지 못하는 자신을 너무 탓하지는 마세요. 누누이 이야기했듯이 평생 자기 삶의 방식을 바꾼다는 것은 자신의 존재를 어찌 보면 부정하는 것처럼 느껴져서 불편하고 거부감 느끼는 것이거든요. 하지만 자신의 삶이 조금은 바뀌길 바란다면 별의별 회의가 들더라도 꾹 참고 그 시간들을 '견뎌'보세요. 그러다 보면 어느새 나도 모르게 나에 대한 생각이 변했음을, 그리고 다른 사람을 대하는 태도에 한층 여유가 생기고, 내 주위로 어느새 모여든 사람들을 느낄 때.. 다른 사람들이 말려도 내가 스스로 변화하기 위해 노력하는 인간이 되어 있을 테니까요. 그러니까 우리 '변화의 근육통'을 겪고 있을 때 이 시기를 지나면 '삶의 몸짱'이 될 수 있다는 것을 의심하지 말고 버텨 보도록 해요. 그리고 자신의 변화를 하루하루 느껴보세요. 그렇게 여유롭고 따뜻하게 변해가는 우리가 될 수 있으면 좋겠습니다.

내 계획대로 되지 않아도

제가 제주도로 휴가를 갔을 때였습니다.

별 계획 없이 일주일 동안 서핑을 배우겠어!! 라는 하나의 목적만 가지고 간 것이었죠. 그리고 또 하나, '한라산은 가지 않겠어.'라는 생각도 하고 있었습니다. 그런데 서핑을 배운지 3일째, 그러니까 4일이 남은 상황에서 태풍이 온다는 소식과 파도가 너무 높아 서핑보드를 대여해주지 않는다는 것을 들었죠. 일주일 동안 그걸 하려고 제주도 왔는데 그게 무산될 위기였던 겁니다. 그런데 그렇게 화가 나거나 초조하지는 않았어요. 제주도에 할 것과 갈 곳은 많았으니까요. 그래서 넷째 날부터는 그냥 놀러나 다녀야지~라고 생각했기에 별 타격은 없었습니다. 원래 계획이 없는 게 컨셉이었으니까요. (물론 귀찮아서 안 짠 것도 맞습니다)

시간이 지나고 생각하니 서핑을 3일만 하지 않고 더 했으면 저는 엄청 힘들었을 겁니다. 선크림을 제대로 바르지 않아서 정말로 얼굴이 화상을 입은 것 같았거든요. 눈꺼풀도 껍질이 벗겨질 수 있다는 것을 처음 알았네요. 귀가 햇볕에 탄다는 것도요. 아무튼 너무 심하게 타서 더 서핑을 했으면 화상 입을 뻔했어요. 그래서 전 살았습니다.

그리고 시간이 남아서 한라산을 가게 되었습니다. 안 가려고 했는데, 그냥 변덕이 들어 갑자기 가게 되었습니다. 올라가면서 조금씩 빗방울이 떨어지더군요. '망했나..?' 라는 생각이 들었지만, 그냥 올라갔습니다. 정말로 별생각 없이 올라갔죠. 그러다가 비는 그쳤고 구름만 낀 날씨가 되었습니다. 올라가면 올라갈수록 구름으로 들어가는 느낌이었죠. 백록담은 포기한 채 그냥 꾸역꾸역 올라갔습니다. 역시나 정상에 올랐을 때 구름이 잔뜩 끼어서 백록담은 보이지 않았습니다.

정상이라는 팻말 앞에서 줄을 서서 사진을 찍고 있는데 저쪽에서 사람들이 소리 지르는 것이 들렸습니다. 무슨 일이 있나? 하고 깜짝 놀라서 쳐다본 그곳에는 구름이 움직이다가 잠시 틈이 생겨서 그 사이로 제주도 시내가 너무도 선명하게 보이는 것이었어요. 그냥 맑은 하늘보다 구름으로 둘러싸여 있는데 그 사이로 보이는 제주도의 풍경은 정말로 신비로움 그 자체였습니다. 한참을 멍하니 보다가 백록담으로 가보니 역시 백록담도 구름 사이로 수줍게 보이더군요..역시나 그냥 쨍하니 보이는 풍경보다 구름으로 주변을 가리고 백록담이 보이니 신비로웠습니다.

원래는 금방 김밥만 먹고 내려올 생각이었는데 한참을 바라보고 사진도 찍다가 내려왔습니다. 후에 제주도 분에게 들었는데 자기는 3년을 매달 한라산을 올랐는데 아직도 백록담을 못 보셨다며 대단한 체험을 한 거라고 말씀해주시더군요. 이 진기한 경험, 잊지 못할 추억은 제가 처음에 세웠던 계획대로 모두 이루어졌다면 절대 할 수 없던 체험이었을 겁니다. 제 계획이 모두 무산이 된 후에 비로소 경험할 수 있는 것이었죠.

우리의 계획은 그런 겁니다. 완전할 수도 없고, 그것만이 길은 아닌 겁니다. 우리가 살아가는 데는 정말로 수많은 길들이 존재하고 내가 고르지 않은 그 길이 더 좋은 곳으로 우리를 이끄는 일들이 많죠. 그래서, 우리는 우리의 계획이 틀어졌을 때 그렇게 크게 걱정하거나 스트레스 받지 않아도 괜찮다는 이야기입니다. 오히려 우리의 계획이 무너졌을 때 기대를 해보세요.

앞으로 내 이야기가 어떻게 이어져 나갈지 말이죠. 내가 생각지 않았던 미지의 길은 당연히 두렵기도 하겠지만, 구름 사이로 제주도 시내를 보여준 진기한 경험으로 저를 이끌었듯이 생각지도 못한 행운으로 이끌 수도 있는 거니까요.

우리는 계획이 틀어졌을 때 내가 계획을 잘못 세워서 그런 거라고 자책하거나 맘대로 안 되는 상황에 짜증을 내기 마련이에요. 하지만 지나고 나서 한번 돌아보세요. 정말로 내 계획대로 안 되어서 다 망했나요? 오히려 그 계획이 틀어져서 더 좋았던 경험을 할 수 있던 때가 단 한 번도 없나요? 우리는 살아가면서 계획이 틀어진 것은 내 탓이나 남 탓을 하지만, 거기에 이어지는 좋은 경험들은 그냥 운이 좋았다는 거로 치부해서 별 의미를 두지 않아요. 그래서 아무리 많은 좋은 경험을 했더라고 또 계획이 틀어지면 또 스트레스를 받죠.

하지만 다시 한 번 생각해 보세요. 내 계획이 틀어져서 오히려 좋은 경험을 할 수 있었던 시간들을 말이죠. 그리고 계획이 틀어져도 그 변수가 나를 더 좋은 곳으로 데려갈 수도 있다는 희망과 기대를 버리지 마세요. 그렇게 하루하루 깨닫다 보면 나중에는 계획대로 흘러가지 않아도 유연하게 그 흐름에 몸을 맡기고 더 큰 경험을 즐기는 여유로운 우리가 될 수 있을 겁니다. 그리고 다른 사람 때문에 내 계획이 틀어져도 그 사람에게 화를 내고 짜증을 내기보다는 '괜찮아 어떻게 되겠지~'하면서 다독여 줄 수 있는 따뜻한 사람이 될 수 있을 겁니다.

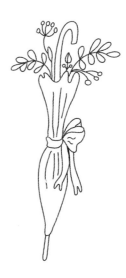

영끌

'영끌'이라는 말을 알고 있나요? 이건 "영혼까지 끌어모은다"의 줄임말입니다. 주로 자신의 모든 것을 탈탈 털어서 주식이나 부동산에 투자하는 사람들을 일컬을 때 사용되는 말이죠. 하지만 이게 비단 투자자들에게만 해당하는 말일까요? 우리는 무언가를 할 때 영혼까지 끌어 모은 적이 없을까요? 생각보다 많을 겁니다. 그리고 생각보다 불필요한 일에 영혼을 끌어 모아 하얗게 불태운 경험들이 있을 거예요.

저는 매사에 열심히 하려고 노력하면서 살아왔습니다. 학창시절에는 학원도 열심히 다니고 공부도 열심히 했죠. 그래야 하는 줄 알았으니까요. 남들 놀 때도 나는 노력해야 한다는 '교육' 때문인지는 몰라도요 항상 나는 내가 노력한 만큼 행복해 질 수 있다는 막연한 기대 속에 살아갔습니다. 그리고 매사에 영혼을 갈아 넣었죠. 공부에, 취미에, 그리고 남들이 부탁한 일에..

그러다가 하루는 서점에서 책을 한 권 발견하고 의아했습니다. 책 제목이 "너무 노력하지 말아요."였거든요. 표지에는 세상 게으르게 생긴 물개 비슷한 것이 배를 두드리며 늘어져 있었어요. 이 책을 보면서 경악을 금치 못했습니다. 이런 불경스러운 책이 있다니!! 하고 말이죠. 이 책이 진짜면 지금까지 노력하면 행복해진다는 제 신념은 뭐가 되는 건가요.. 지금 생각해 보면요 노력한 만큼 행복해 질 수 있다는 말은 뭔가.. 고3때 지금 아무리 힘들어도 참고 노력하다 보면 대학을 갈 거고, 대학만 들어가면 여자 친구도 생기고 온갖 자유와 즐거움을 누릴 수 있을 거야. 그러니까 지금은 참고 공부해.' 라는 근거 없는 낭설과 같은 것이라고 생각합니다. 정말로 대학만 가면 모든 게 해결되고 자유와 행복이 찾아오나요? 그렇지 않다는 것쯤은 우리 모두 알고 있죠. 이것은 거의 "산타는 사실 우리 아빠다."라는 급의 '과학'이죠.

하지만 우리는 노력하지 않으면 늘 불안합니다. 그리고 그 불안함의 가장 큰 원인은 다른 사람들에게 있는 겁니다. 나는 왜 그렇게 노력했을까요? 많은 부분 다른 사람들에게 잘 보이고 싶어서였습니다. 잘 보이고 싶으니까, 다른 사람들한테 인정받고 싶어서 노력했죠. 아무것도 안 하고 실패하면 게으른 사람이라는 손가락질을 받지만 노력하고 실패하면 적어도 성실하지만, 운이 없는 사람 정도의 책임 회피를 할 수 있어서이죠.

우리가 처음으로 무슨 일을 할 때 영혼을 갈아 넣습니다. 그러면 그걸로 끝일까요? 아니죠. 다음에는 최소한 이번에 갈아 넣은 영혼보다 더 갈아 넣겠죠. 우리는 항상 더 열심히 하려고, 더 노력하죠. 하지만 이것이 행복으로 이어질까요?

　제가 드리고 싶은 이야기는요, 이렇게 다른 사람을 신경 쓰면서 노력을 하기보다는 자신에게 더 집중해야 한다는 겁니다. 내가 열심히 노력한다는 말이 왜곡되면 나는 이렇게 노력해야만 의미 있는 인간이 된다고 생각하게 되는 거죠. 하지만 나는 무언가를 잘해서, 무언가를 열심히 노력해서 소중한 존재가 아닙니다. 그냥 나는 그냥 나 있는 대로 소중한 존재라는 것이 핵심이죠. 아까 말씀드렸던 그 책에서 매일 화장실에서 거울을 보면서 '난 정말 대단해!!' 라고 말을 해보라고 해요. 약간 이상한 사람 같죠? 저는 해 봤어요. 그런데 이 말을 하니까 제가 대단하지 않은 이유에 대해서 237가지 정도의 생각이 떠오르더라고요. 그런데요.. 그런 건 일단 무시하세요. 무엇보다도 내가 소중한 사람이라는 건 변하지 않는 사실이니까요.

　어떤 쓰임새가 있어서 소중해진다는 것은 물건에나 해당되는 말입니다. 내가 누군가에게 도움이 되어야만 나는 소중하고 의미 있는 존재가 된다? 이건 나를 물건 취급한다는 이야기와 뭐가 다를까요? 다른 사람들이 나를 그렇게 생각하더라도요 적어도 나만은 나를 그렇게 대하면 안 됩니다. 나의 가치를 다른 사람에게서 찾거나 인정받으려고 하지 말아요. 그럴 때 힘들어지는 것은 나니까요. 내가 아무리 좋은 일을 해도 딴지를 걸 수 있는 것이 다른 사람들이거든요. 일단 내가 나를 이유 없이 소중히 여기기 시작하면, 나의 부족한 면들을 조금은 받아들일 수 있게 되고요, 자존감도 찾을 수 있게 될 겁니다. 반대로 내가 소중하다는 기준을 다른 사람에게서 찾게 된다면 내 자존감은 절대로 채울 수 없을 거예요.

　지금부터 나는 대단한 사람이라는 것을 진심으로 믿어보세요. 이유 따위는 필요 없습니다. 내가 소중하다는 것은 수학의 '정의'라고 생각하시면 될 것 같아요. 우리는 삼각형이 "한 평면에 있고, 한 점에서 만나지 않는 서로 평행하지 않은 직선 세 개로 이루어진 도형"인 이유를 설명하라고 하지 않아요. 그게 삼각형의 정의니까요. 그것처럼 우리가 소중하다는 것에는 이유가 필요 없습니다. 그게 '나'에 대한 정의니까요.

그러니까요. 영끌을 하면서 나의 가치를 인정받으려고 하지 말고 그냥 나를 소중하게 생각해 보도록 하죠. 내가 잘하는 걸 떠올리면서 나는 대단해라고 이야기하지 말고요. 그렇게 되면 내가 그걸 못하게 되면 나는 소중하지 않아진다는 이야기가 되거든요. 그러니까 이유 같은 거 생각하지 말고요 나는 정말 대단하고 소중한 존재라는 것을 꼭 알아주세요. 다른 사람이 생각하는 내가 아니라 그냥 나는 있는 그대로 소중한 사람이라는 것이죠. 그렇게 우리가 소중한 사람이라는 것을 생각하고 다른 사람 또한 소중한 존재라는 걸 깨달아가며 함께 소중해져 가는 따뜻한 우리가 되면 좋겠습니다.

개인주의

우리는 흔히 현대인들은 개인주의가 팽배해 있다고 이야기합니다. 개인주의가 심해서 사람들과 관계를 맺는 것을 꺼리기 때문에 오프라인으로 관계를 맺어 나가기보다 온라인으로 관계를 맺고, 그렇게 맺어진 관계도 쉽게 끊어진다고 이야기하죠. 혼밥, 혼술 같이 요즘 트랜드로 부상하는 단어들을 봐서도 알 수 있죠.

하지만 정말로 지금의 사람들은 사람들과 관계 맺는 것을 꺼리고 혼자 사는 것에 만족감을 느낄까요? 내가 정말 그랬나? 하고 되짚어 생각해 봅니다. 물론 수도원에서 공동체 생활을 하면서 24시간을 과도한 관계에 노출되다 보면 너무 피곤해져서 혼자만의 공간과 시간을 필요로 합니다.. 하지만 그것은 특수한 상황일 뿐 인간이 그렇다는 것은 아니죠.

과거 매슬로우는 인간의 단계를 5단계로 나누면서 그중 3단계를 '애정과 소속의 욕구'로 보았습니다. 그렇게 우리는 끊임없이 다른 사람과의 관계를 갈망하죠. 그리고 다른 사람에게 인정받고 싶어 하고 관계 맺고 싶어합니다. 우리가 정말로 다른 사람과의 관계를 원치 않는다면.. 우리가 그토록 열광하는 SNS는 왜 하는 것일까요? SNS를 통해서 다른 사람들의 삶을 보기도 하고 또 내 삶을 인정받기 위한 통로로 사용하는 경우가 많습니다. 오죽하면 SNS에서 사람들이 눌러주길 바라는 버튼의 이름이 '좋아요'까요? 사람들은 무의식적으로 그 이야기를 사람들에게 듣고 싶어하고 그것을 알아챈 기업에서 그 명칭을 사용한 것 아닐까요?

더군다나 지금은 코로나 상황이라 사람들 간의 모임이 심지어 죄스럽게까지 느껴지는 상황입니다. 이때 사람들은 좋은 핑계라며 이 기회에 사람들과 관계를 끊고 혼자만의 격리된 삶을 살고 싶어 할까요? 아닙니다. 오히려 요즘 나오는 이야기는 어플을 통해서 오프라인 소모임에 대한 욕구들이 늘어나고 있다는 것이죠.

그렇습니다. 결국은 관계에요.

우리는 사람들 사이에서 상처받고, 관계에 피로와 염증을 느낍니다. 그렇게 사람들과 멀어지고 싶어 하고 혼자만의 시간을 꿈꾸죠. 하지만 우리의 DNA 안에는 다른 이와 더불어 살아가고 싶다는 갈망이 새겨져 있는 것이죠. 그러니까 우리가 관계에 쿨하지 못한 것을, 그리고 그러한 관계 속에서 상처받는 나약함을 너무 자책할 필요 없습니다. 이건 사람이니까 당연한 것이죠. 그러니까 괜찮아요.

앞서 계속 이야기했지만 내 삶의 중심은 일단 나를 사랑하는 것에서 출발해야 합니다. 나를 충분히 사랑하고 나에 대한 자존감이 높을 때 다른 사람을 포용해 줄 수 있고 함께해 줄 수 있는 것이죠. 나의 것을 모두 버리고 남을 위한 삶을 살아간다면 그것은 처음에는 내 힘으로 어찌 버티겠지만, 점점 내가 쏟은 인풋에 비해 상대방이 나에게 보이는 반응인 아웃풋이 적다고 생각되면 그것 때문에 화가 나고, 화를 내는 자신이 옹졸해 보여 또 자기 자신을 후벼 파는 악순환에 걸릴 수 있습니다. 그러니까 우리는 우리를 사랑하고 성장시켜야 하죠.

현대 사회에서 정말로 필요한 사람은 어떤 사람일까요? 앞서 계속 이야기했지만 '같이 있으면 편안한 사람'입니다. 일 잘하는 사람? 능력 있는 사람? 이렇게 존경의 대상일 뿐인 사람들은 이미 많죠. 신문을 봐도 뉴스를 봐도, 각종 블로그, 유튜브들을 봐도 엄청나게 찾을 수 있어요. 하지만 '같이 있으면 편안한 사람'은 좀처럼 찾기 힘듭니다. 정말로 스펙만으로 만 보면 내가 감히 범접할 수 없고 쳐다도 볼 수 없는 사람인데 의외로 너무 친근해서 왠지 만나면 스스럼없이 인사를 건네도 될 것 같은 사람이 있습니다. 제게는 김미경 선생님이 그렇습니다.

예전에 스피치에 관한 동영상을 볼 때도 그러했지만 최근 현대사회를 살아가며 힘들어하는 사람들을 위한 정보를 제공해 주기 위해 유튜브에서 MKYU대학에서 온라인으로 사람들을 만나는 모습에서 더 그런 것을 느낍니다. 이 분의 강의를 들으면 마음이 느껴져요. '아, 진짜 이거 너무 좋아서 가르쳐주고 싶은데 왜 사람들은 이걸 모르지. 빨리 알려줘야 하는데.'라며 저를 위해 발을 동동 구르는 그 마음이 느껴집니다.

물론 나는 그분을 모릅니다. 그분의 삶이 어떤지 직원과의 관계는 어떤지 실제 성격은 어떠신지 제가 알 방법은 없죠. 하지만 영상을 통해서 내게 전해지는 모습은 그렇습니다. '아, 이 선생님은 알지도 못하는 나를 위해서 마음을 주고 있구나.'라는 생각이 들고 왠지 친근한 마음에 댓글이라도 한 번 더 달게 되죠.

제가 좋아하는 한 선생님은 강의할 때 칠판 판서하듯이 가르치지 않습니다. 옆집에서 놀러 오신 엄마 친구분이 나에게 이야기를 하듯이 너무도 편안한 말들로 다가오죠. 가끔은 호들갑을 떨기도 하고 가끔은 웃기도 하고 가끔은 울기도 하면서 '나는 네가 긴장할 필요가 없는 사람이야.'라는 것을 온몸으로 드러냅니다. 인간적인 모습을 솔직하게 보여주죠. 모자라면 모자란 대로 완벽하려고 애쓰지 않으면서요. 이런 모습들이 많은 사람으로 하여금 그 강의를 듣게 하고 댓글을 달게 하고, 팬이 되게 하는 것 아닐까요?

우리에겐, 그리고 현대에는 이런 사람들이 더 많이 필요합니다. 유연한 사람이 되고, 여유 있는 사람이 된다는 것, 그런 모습으로 사람들이 나에게 다가오게 하고 내 곁에서 쉴 수 있게 자리를 내어주는 사람, 스스럼없이 다가와 오래 사귄 친구처럼 이야기 들어주고 함께 생각해 볼 수 있는 사람..

요즘은 감성 마케팅이라는 것이 떠오르다 못해 이미 떠버렸습니다. 사람들은 스마트폰을 보고, 인터넷 세상에서 대부분의 시간을 보내는 만큼 인간의 따뜻한 온기를 더욱 갈망하게 되었죠. 하지만 이러한 것들은 오프라인 상에서 함께 살아가며 배우지 않으면 알 수 없는 것들입니다. 온라인 상으로는 내가 이 말을 했을 때 상대방의 표정이 어떠한지, 말투는 비꼬는지 진실한 지, 알 수가 없어요. 따라서 직접 만나는 관계의 경험이 반드시 필요하죠.

하지만 대부분의 사람이 이러한 '함께 있고 싶은 사람'의 중요성을 잊어 버립니다. 아니, 생각조차 하지 않죠. 그러니까 나라도 이런 사람이 되어 보는 건 어떨까요? 그저 막연하게 다른 사람들을 위해서, 세상을 조금 더 아름답게 만들기 위해서 하라는 것이 아닙니다. 이것들이 궁극적으로는 다 나에게 돌아오는 것이죠. 사람들이 원하지만 가지지 못하는 것, 그것을 가지고 있는 것은 나의 능력과 힘이 됩니다. 더군다나 사람들은 그게 능력 이라고 인지조차 하지 못하는 것, 아직 그것을 개발하려고 생각하지도 않은 것. 이것이야말로 블루오션이 아닐까요?

세상은 알지 못하지만 '함께 살 수 있는 능력을 갖춘 사람'을 많이 필요로 합니다. 그러니 우리가 그런 사람이 되어보죠. 그것도 나의 '능력'이 될 수 있다는 것을 알아야 합니다. IT, 인터넷 등의 기술적인 것들만이 능력이 아니에요. 오히려 그런 차가운 기술들에 대한 정보와 전문가들이 넘쳐나는 지금 무엇보다도 '따뜻한 인간'이라는 것은 큰 '능력'이 된다고 생각합니다.

사람의 마음을 사는 능력이 있다면 이것은 정말로 다양한 분야에 도움이 될 수 있죠. 온라인 게임에서 사용하게 되는 이펙트 현란한 '액티브 스킬'은 아닐지라도 겉으로 드러나지 않지만 모든 능력치에 영향을 주는 '능력치, 패시브'같은 느낌의 능력인 것입니다. 사람들은 우리를 그렇게 이야 기할 거예요. "아~그 사람은 뭔가 특출 난 것은 없어 보이는 데 같이 있으면 편해, 그리고 내 얘기를 막 하게 돼." 라고 말이죠.

그러니까 일단 '따뜻한 사람'이라는 것이 '능력'이라는 사실을 먼저 생각해보죠. 그것도 현대사회에서 생각보다 '큰 능력'이라는 것을 말입니다. 그럴 때 세상을 좀 더 편안하게 만들 수 있고 결과적으로 내가 더 편안해지는 세상을 만들 수 있게 될 겁니다.

우리, 함께 있고 싶은 영리한 호구가 되어 보자고요~!!

제2장
주변사람 돌보기

관계를 잘 맺고 싶은가요?

우리는 진정한 관계의 '신'을 주변에서 볼 수가 있어요. 오늘도 몇 번을 보셨을 거고요 산책을 하다가도 만나고 영상으로 보기도 하죠. 바로 강아지들입니다. 이건 카네기의 관계론에서 이야기한 내용이에요. 관계를 잘 맺고 싶으면 강아지처럼 하라는 이야기이죠. 이 말은 다시 말해서 사람에게 열정적으로 관심을 가지라는 이야기입니다.

집에서 키우는 강아지를 생각해 보세요. 회사를 다녀와서 학교를 다녀와서 온몸이 지치고 힘들 때 대문을 열고 들어오면 하루종일 나만 기다렸던 그 강아지는 꼬리를 엄청나게 흔들면서 나만 쳐다보면서 좋다고 방방 뜁니다. 질리지도 않고 지친 주인에게 쉴새 없이 애정을 표시하죠. 그렇게 나를 맹목적으로 좋아해 주면서 나에게 집중해주는 강아지를 보면 아무리 밖에서 힘든 일에 시달렸더라도 입가엔 웃음이 걸리고, 살아갈 힘이 조금은 나게 되면서, 그렇게 힘을 주는 그 강아지를 소중하게 느낄 수밖에 없어지는 것이죠.

사람도 비슷합니다. 그렇다고 우리가 누군가에게 쉴 새 없이 꼬리를 칠 수는 없는 노릇이지만요, 우리가 인간으로서 할 수 있는 간단하고도 최고의 관심표현은 미소라고 생각합니다. 우리가 누군가를 처음 만날 때 아니면 계속 만날 때도 환한 웃음을 띠면서 다가간다면 상대는 그 미소를 보면서 '아.. 이 사람은 나를 좋아하는구나.'라는 생각이 들면서 마음이 조금 풀리거든요. 사람들은 자기 좋다는 사람에게 모질게 대하기 힘들어요. 그래서 웃는 얼굴에 침 못 뱉는다는 이야기가 있는 것 아닐까요?

저는 이걸 병원 생활하면서도 많이 느낍니다. 먼저 무슨 일이 있거나 부탁을 해야 해서 병동이나 검사실 등에 전화를 할 때 최대한 밝은 목소리로 전화합니다. 특히 무슨 부탁을 드려야 할 때는 더욱 말이죠.. 그런데 정말로 재미있는 게 뭔지 아세요? 저는 분명 전화기 너머의 그분을 모릅니다. 그분도 저를 모르죠. 그런데 처음 그분이 아주 사무적인 목소리로 "여보세요"라고 전화받으시죠. 그 소리를 듣고 제가 "여보세요. 저는 순환기 내과 1년차 최영민이라고 합니다. 선생님 뭐 좀 여쭤보려고 하는데요~"하면서 한껏 밝은 목소리로 이야기하고 나면 그 뒤에 따라오는 그분의 목소리도 한층 밝아지고 우호적으로 바뀝니다. "네 선생님, 뭐 때문에 그러신가요?"라고 말이죠. 그렇게 이야기를 나누다 보면 처음의 "여보세요"라고 전화받으시던 분과 통화 끝날 무렵 그분의 목소리는 전혀 다른 목소리가 되어 있어요. 여전히 얼굴도 모르고 어디에 위치한 지도 모르는 검사실의 선생님이지만 대화하는 목소리만큼은 몇 년 알았던 친구처럼 반가운 목소리로 이야기하고 있거든요. 밝은 목소리라는 건 웃음을 머금은 목소리입니다. 우리가 얼굴을 보지 않고 목소리만 듣더라도 이 사람이 미소를 지으면서 이야기를 하는지, 찡그리고 이야기를 하는지 어느 정도 보이지 않나요? 그래서 저는 전화를 할 때도 웃음을 띠고 이야기하는 것이 좋다고 생각을 합니다. 그 덕을 제가 보고 있고요.

그리고 전화뿐 아니라 실제로 만날 때 밝게 웃는 것의 효과는 배가 됩니다. 병동에서 일하다 보면 가끔 불만을 토로하시면서 주치의 면담을 요구하시는 환자분이나 보호자들이 계십니다. 그러면 솔직히 겁이 덜컥 나기도 해요. '괜히 가서 이야기하다가 나한테 화내면 어쩌지?'하고 말이죠. 그런데 그런 분들에게 다가갈 때는 일부러 더 웃으면서 일부러 더 밝게 다가갑니다. 그리고 더 친근한 말투로 다가가죠. 그리고 친근한 제스처를 취합니다. 아무래도 의사가 가면 자꾸 일어서서 저를 맞이해 주시는 환자분이나 보호자분들이 많아요. 그럴 때 저는 그러지 말라고 하고 그럼 차라리 제가 같이 앉겠다고 하고 일단 허락을 구하고 침대에 앉습니다. 그러면 환자 보호자 그리고 제가 둘러앉아서 이야기를 하죠. 그러면 화가 나 있던 환자분들도, 웃는 얼굴로 나타났을 때 한 번 화가 누그러지시고 환자분 옆에 털썩 앉았을 때 한 번 더 화가 누그러지시는 것 같아요. 그리고 이야기를 듣습니다. 그러다 보면 처음에는 약간 격양되어서 이야기하던 분들도 나중에는 하소연으로 바뀌어요. 그러면서 결국에는 왜 자기가 화를 낼 수밖에 없었는지 하소연하기에 이르죠. 그러면 그분도 저도 합리적인 이야기를 해 나갈 수 있게 됩니다. 그때부터 이야기는 시작인 거죠..감정이 격해진 상황에서는, 저 사람은 나의 적이라고 인식되는 상황에서 제가 무슨 말을 한들 핑계로 들릴 거고, 무슨 말을 한들 기름을 붓는 격일 테니까요.

그래서 일단 대화가 되려면 적어도 이 사람은 나에게 우호적이라는 것을 느끼면서 먼저 적개심을 내려놓게 만들어야 합니다. 그러고 나면 정말로 환자분에게 불편한 상황인 것은 알지만 치료하기 위해서는 정말로 어쩔 수 없어서 그러는 거라고 말씀을 드립니다. 그게 왜 필요한 건지도 설명을 드리고요. 그러고 나서 약간은 친근하게 장난기 어린 말투로 "설마 저희가 환자분 괴롭힐라고 그러것어요~!!" 라고 한마디 하면 환자분들도 "아니, 당연히 그런 거 아닌지는 알죠." 라면서 살짝 웃으시죠. 그러고 나면 똑같은 요구를 드려도 별 불만 없이 따라주시곤 합니다.

이게 웃음이 가진 힘이 아닐까요? 사람을 향해서 따뜻하게 웃어주는 것.. 사람을 설득하는데 이것만큼 좋은 것이 있을까 생각합니다. 카네기가 관계의 신이라고 치켜세웠던 강아지는 언변이 유창해서도, 강압적으로 상대를 눌러서도 아니었어요. 오직 다른 사람에 관심을 가지고 그 사람을 웃게 만들었으며 그 사람이 살아갈 힘과 따뜻함을 주었기 때문이었죠. 우리가 마주하는 건 논리적인 인간이 아니라 감정적인 사람이라는 걸 잊지 않으면 좋겠습니다. 아무리 논리적으로 설명해도 상대의 기분이 상해 있다면 귀에 들어가지도 않을 겁니다. 일단은 상대의 기분을 풀어야 하죠. 그러기 위해서 친근하고 따뜻한 웃음이 필요한 것이고요. 그렇게 다른 사람들에게 따뜻한 웃음으로 기쁨을 주고 힘을 주면서 세상을 따뜻하게 만들어 갈 영리한 호구가 되는 우리가 되면 좋겠습니다~!!

사과하는 사람, 감사하는 사람

생각해보세요. 우리는 '죄송합니다.'를 말하는 사람인가요 아니면 '감사합니다.'를 말하는 사람인가요? 흔히 생각하기에 '죄송합니다.'를 잘 이야기 하는 사람은 겸손한 사람으로 생각될 것 같아요. 적어도 저는 그랬어요. 그래서 누군가가 저 때문에 기분이 상한 것 같으면 가서 먼저 사과했고, 미안하다고 했습니다. 심지어 가끔 그 사람은 제게 전혀 화가 나 있지 않았는데도 저는 굳이 가서 사과했죠. 그렇게 해야 사람들과 잘 지내고 사람들에게 사랑받을 것으로 생각했습니다. 그런데 어느 날 수도원에서 같이 살던 형이 저한테 이런 이야기를 해주었습니다. 그렇게 계속 자기가 사과를 받으면 '나는 얘한테 죄짓게 하는 사람인가?' 라는 생각이 들게 되어서 오히려 부담스럽고 멀리하게 된다는 것이었습니다. 저는 뒤통수를 세게 맞은 느낌이었어요. 제 딴에는 사람들에게 다가가고 싶어서 나름 자존심도 버려가며 사과하는 노력을 한 건데 오히려 그게 사람들을 멀어지게 하는 원인이 되었다고 하니 말이죠. 제가 사람들을 만나는 방법이라고 굳게 믿었던 것이 와르르 무너지는 순간이었습니다.

그런 이야기를 듣고 살아오면서 저 또한 그렇게 느낀다는 것을 알게 되었습니다. 누군가가 제게 사과하는 말을 들으면 그렇게 썩 좋은 기분은 아니라는 것이죠. 제가 그 사람보다 높아진 듯한 느낌이 드는 건 사실일 수도 있겠지만, 그것이 썩 유쾌하지만은 않습니다. 더군다나 딱히 사과할 일이 아닌데도 저한테 미안하다고 사과하는 사람을 만날 때 예전의 그 형이 느꼈다고 말했던 감정을 저도 느끼게 되었습니다. '나는 저 사람을 미안하게 만드는 사람이구나.'라는 생각이 들어서 조금 멀리하고 싶은 생각이 들기도 했습니다.

우리가 살아가면서 자신의 잘못을 정확히 알고 잘 '사과'하는 것은 분명히 중요합니다. 누군가에게 폐를 끼쳤을 때 그것에 대해 정당히 사과하는 것은 당연히 기본이지요. 하지만 저는 '감사합니다.'라는 말이 함께 하였을 때 아까 말했던 그 멀리하고 싶은 느낌이 좀 사라지는 것을 느꼈어요. 병원에서도 누군가에게 부탁할 일이 많이 있습니다. 병동의 간호사 선생님들께 뭐 좀 알아봐 달라고 하거나 아니면 영상의학과 선생님께 CT 판독을 부탁드려야 한다거나 아니면 검사를 급하게 해야 해서 검사실에 부탁한다거나 하면서 말이죠. 그런 이야기를 할 때 먼저 '죄송합니다'로 시작을 합니다. 일단 어찌 되었든 그분들의 시간을 할애해달라고 부탁을 하는 거니까요. 그리고서 내용을 말하고 끝에는 항상 세상 밝은 목소리로 '감사합니다~!!'라고 끝맺습니다. "선생님 정말 죄송한데요.. 혹시 제 환자가 급하게 심장 초음파를 봐야 할 것 같은데.. 오늘 안에 가능할까요?"라고 검사실에 여쭤보면 힘들다는 대답과 함께 혹시 취소되는 것 있으면 불러 주겠다는 대답을 해줍니다. 그러면 세상 밝은 목소리로 "넵 선생님 감사합니다~!!" 라고 대답하죠. 물론 상대는 당황할 때도 있습니다. "오늘 꼭 된다고 할 수는 없는데요."라고 말이죠. 하지만 "이렇게라도 신경 써 주신 게 얼마나 감사한데요~"라고 대답하고 다시 한 번 감사합니다~ 하고 전화를 끊습니다.

'죄송합니다'라는 말은 꼭 필요하긴 하지만 듣는 사람의 기운이 좀 빠지는 느낌이 있습니다. 다른 사람을 미안하게 만든다는 건 썩 좋은 기분은 아니거든요. 하지만 '감사합니다'라는 말은 설령 내가 그런 일을 하지 않았을지라도 듣게 되면 괜히 기분이 좋아지는 말입니다. 내가 누군가에게 도움이 되었다는 것이니까요. 그래서 저는 '감사합니다.'라는 말을 좋아합니다. 그리고 뭔 일이 있을 때마다 말합니다. 아마 병원 생활을 하면서 수시로 말하는 것이 '감사합니다.'라는 말일 겁니다.

그럼 이 '감사합니다.'라는 말은 나를 깎아가면서 다른 사람을 기분 좋게 하려는 말일까요? 그건 아닌 것 같습니다. '감사합니다'라는 말은 상대도 높이면서 자신도 높이는 말인 것 같아요. 일단 '감사합니다'라는 말을 듣는 상대의 표정은 밝아집니다. 그러면 상대의 기분을 좋게 만든 저도 기분이 좋아집니다. 이만큼 상대의 자존감을 높여주고, 동시에 나의 자존감까지 높여주는 말은 드물다고 생각합니다. 그리고 돈이 드는 것도 아니고, 내 자존감이 깎이는 것도 아니고, 상대도 기분 좋고 나도 기분좋고, 심지어 자신의 이미지까지 좋아질 수 있는 이 말을 아낄 필요가 있을까요?

주변에 감사할 일이 없나요? 도저히 누구한테 감사하다는 말을 해야 할지 모르겠나요? 조금만 다르게 생각해 보면 감사할 일들이 산더미처럼 쌓여 있는 것을 알 수 있습니다. 식당에서 빈 반찬 그릇을 다시 리필해 주시는 점원분에게 감사합니다. 라는 인사를 하고, 병원 당직실의 쓰레기통을 비워주시는 분들께 감사하다고 인사를 합니다. 제가 뭔가를 실수해서 가르쳐주시는 교수님께도 감사하고 블로그와 인스타에서 제 글을 읽어주시고 또 위로 된다고 답글 달아주시는 여러분들께 감사하죠. 정말로 세상엔 감사할 일들이 쌓여있어요. 그것들만 찾고, 거기에 감사하다고 표현하는 것만으로도 다른 사람들이 나를 보는 눈빛이 달라지고 또 내가 세상을 바라보는 눈빛이 달라진다는 것을 느낄 수 있을 겁니다.

그래서 시도때도없이 '감사합니다'라고 표현할 수 있는 우리가 되면 좋겠습니다. 나에게 감사하다고 말하는 그 사람이 조금은 바보 같아 보일 수도 있어요. 뭐가 감사한거지?라고 말이죠. 하지만 그 사람이 결코 밉지는 않을 겁니다. 오히려 감사하다는 이야기가 또 듣고 싶어서라도 자기 곁에 두고 싶지 않을까요? 그렇게 사람들이 자기 곁에 두고 싶어 하는 사람이 된다는 것은 이 세상을 살아가는데 특히나 큰 '능력'이지 않을까 생각합니다. 돈도 안 들고 힘도 안 들면서 다른 이들도 기쁘게 하고 나도 기뻐지는 마법의 말 '감사합니다.'를 입에 달고 사는 우리가 되길, 그리고 사소한 것들에서도 기어코 감사해야 할 이유를 찾아내며 주변에 진심으로 감사하는 삶을 사는 우리가 되어 보는 건 어떨까요?

벌써 나았는데

손을 다친 지 거의 3주가 되어 가는 때였습니다. 저는 계속 메디폼을 붙이고 다녔죠. 넘어져서 까진 경험이 있으시면 다들 아시겠지만, 피부가 까진 것이 정말로 아프거든요. 그래서 메디폼을 대고 있으면 제 까진 부분이 다른 곳에 닿지 않으니 통증이 훨씬 덜하죠. 거기에 상처를 촉촉하게 해줌과 동시에 뗄 때도 상처에 달라붙지 않아서 뗄 때 소리를 지르지 않아도 됩니다. 그래서 계속 붙이고 있었죠.

사실 살은 거의 다 붙어서 떼어도 상관은 없다는 걸 알고 있었습니다. 진물이 나오는 것도 아니고 떼고 소독할 때 보면 이제 별로 아프지도 않거든요. 벗겨진 부분이 없으니 소독약이 아프지 않은 것이고, 이건 이제 메디폼은 그다지 필요치 않다는 것의 증거기도 했지요. 하지만 저는 계속 붙이고 있었습니다. '그러다가 아프면 어떻게 해..' 라는 생각에서였죠. 그때

85

상처가 정말로 너무 아팠고 그 기억이 남아있어서 쉽사리 메디폼을 뗄 생각을 못하고 있었습니다. 그러다가 하루는 헬스장에서 운동하다가 별생각 없이 손을 봤는데 메디폼이 밀려서 반 정도 떨어져 있더군요. 떨어져 있는 것도 모르고 운동을 할 만큼 그쪽으로 통증이 없다는 말이었죠. 하지만 저는 굳이 그걸 다시 붙이고 운동을 했습니다. 그리고 샤워를 하면서 드디어 떼어냈죠.

예상했던 대로 상처는 다 아물어 있었습니다. 손으로 만져도 아프지 않을 정도였지요. 오히려 떼어내니 시원하다고 해야 할까요? 메디폼이 붙어있을 때와는 다르게 더 자연스러워지기도 한 것 같습니다. 조금 더 빨리 떼어내도 되었겠다고 생각했죠. 아까까지만 해도 아플까 봐 무서웠는데 알지도 못하게 메디폼이 떨어져서 어쩔 수 없이 떼고 나니 더 빨리 뗄 걸..이라는 후회를 하는 뭔가 부조리한 상황이었죠. 하지만 할 수 없었습니다. 정말로 손바닥이 아팠고 그걸 또 경험하고 싶지 않아서 한껏 움츠러들고 있었거든요. 이미 상처는 나았는데도 말이죠.

살면서 이런 경험을 했던 것들이 생각이 났습니다. 상처는 이미 나았는데도 나의 지레짐작 때문에 앞으로 나아가지 못했던 일들이 말이죠. 예전에는 끊임없이 다른 사람의 눈치를 보면서 살았던 적이 있습니다. 누군가가 나를 어떻게 생각하는지를 계속 신경 썼고, 누군가가 나에게 하는 말투가 조금만 바뀌어도 나한테 화났나? 라고 걱정하며 전전긍긍하던 때가 있었죠. 그러다가 누군가와 사이가 틀어져 버리면 상처도 많이 받았습니다. 저는 상대에게 잘해준다고 한 것이 그 사람들에게 부담으로 느껴졌을 때도 있었고, 내가 해준 만큼 나에게 돌아오지 않을 때 제가 받는 스트레스와 서운함도 한몫했죠. 그렇게 누군가와 사이가 틀어지면 한동안 다른 이들과 가까이 지내는 것이 겁이 날 때가 있습니다. 혹여나 가까워진 이 사람도 또 떠나가 버리면 그 때의 아팠던 기억을 다시 경험해야 하니 아예 사람을 만나길 어려워했던 것이죠.

그 뒤로 시간이 조금 흘러 마음이 조금 회복이 되었을 때, 어느 정도 사람을 만날 힘이 생겼을 때도 여전히 망설여졌습니다. 사람들과 어느정도 거리를 두고 있으면 아플 일도 없으니까요. 끊임없이 마음이 통하는 사람을 만나고 싶지만, 선뜻 먼저 손을 내밀기 꺼려집니다. 그 아픔을 다시 겪고 싶지 않기 때문이죠. 이 사람도 그때 그 사람처럼 나한테 상처만 주지 않을까? 하는 지레짐작이 사람들에게 다가가는 나를 망설이게 합니다. 상처가 다 나았는데도 메디폼을 떼기 두려워하는 제 모습처럼 말이죠.

하지만 우연한 기회로 누군가와 친해지고 가까워지며 마음이 통한다는 것을 알게 되고 깊은 관계로 나아간 후에는 내가 왜 진작 먼저 손을 내밀지 않았을까? 라는 짧은 후회가 되기도 합니다. 그리고 만약 그 때 관계를 맺지 않았다면 이렇게 좋은 인연을 놓쳤을 것이라는 생각을 하면서 다음의 관계를 만드는데 좀 더 적극적이 될 수 있겠죠. 왜냐하면, 관계를 맺는다는 것이 그저 상처가 되는 것이 아니라는 경험이 생겼으니까요. 우리에게 상처가 되었던 이 기억은, 느꼈던 아픔은 우리가 앞으로 나아가지 못하게 막아섭니다. 우리는 준비가 되어 있는데도 우리를 끊임없이 망설이게 하죠. 하지만 정작 '한 번' 그것을 깨고 나면 그 뒤는 좀 더 쉬워집니다. 상처받지 않는 경험들이 하나 둘 씩 쌓이기 시작하니까요.

제가 하고 싶은 이야기는 관계를 맺는데 조금 더 적극적이어도 좋다는 겁니다. 예전에 우리가 관계 속에서 받았던 상처들과 느꼈던 아픔들이 그것을 방해할 겁니다. 계속 망설이게 하고 숨어들게 하겠죠. 하지만 조금은 용기를 내어서 마음이 맞는 사람들도 있다는 것을 발견하게 된다면, 그 큰 선물을 받게 된다면 우리의 삶은 더 풍요로워질 것이 확실하거든요. 관계는 우리를 힘들게 하기도 하지만 반대로 우리가 서 있을 수 있게 하는 원동력이기도 합니다. 그러니까 우리 예전에 상처들이 있더라도, 조금은 밖으로 나가 보는 건 어떨까요? 조금 더 용기를 내어서 다른 사람들에게 손을 내밀어 보세요.

그런데 자기가 다른 이들에게 당장 손을 내밀 용기가 없다고 자책하지는 마세요. 저는 그 조그만 메디폼을 떼어내는 데도 1주일을 망설였어요. 그런데 마음의 상처를 그렇게 훌훌 털어버릴 수 있는 사람이 얼마나 있겠어요. 하지만 그걸 버텨냈을 때 우리에게 다가오는 관계와 미래가 달라지리라는 것을 알기에 조금은 용기를 내 보면 좋겠어요. 그리고 자기가 나아가지 못하는 것에 집중하지 말고 내가 어제와 다르게 오늘 시도해 본 것에 집중하고 그것도 정말 굉장한 것이라는 걸 자꾸 생각하면 좋겠습니다. 정말 어려운 일인데 우리는 해내고 있는 것이니까요. 그렇게 조금씩 우리의 상처를 이겨내며 좀 더 여유롭고 행복한 미래로 걸어가는 우리가 되면 좋겠습니다.

관계의 디캔팅

여러분 디캔팅이라고 아시나요?? 와인을 드시는 분들은 아실 거라고 생각합니다. 저는 술을 워낙 못 마셔서 와인은 단 거와 쓴 것이 있다고 말하는 문외한이라 잘 알지는 못하지만 밀봉되어 있던 와인을 산소와 만나게 하면서 텁텁한 맛을 줄이고 더 향기롭게 해준다고 들은 것 같습니다. 숨을 쉬게 해준다고 표현을 하더라고요..

예전에 수도원에서 같이 살다가 나온 동생의 결혼식이 있었습니다. 축하해주러 간 그 자리에 반가운 얼굴들이 잔뜩 있더라고요. 예전에 같이 살다가 공동체를 떠났던 동생들이었죠. 못 본 지 6~7년 만에 만나는 친구들도 있었고, 비교적 최근까지 만났던 친구들도 있었죠. 다들 오랜만에 만나서 옛날이야기도 하고 웃고 떠들면서 정말로 즐겁고 따뜻한 시간 보냈답니다. 다들 사회에 나가 각자의 자리에서 다른 모습으로 살아가고 있지만,

예전에 같이 살았던 그 추억으로 6~7년의 공백이 무색하게 서로 반갑게 인사하고 어제 보고 오늘도 보는 것처럼 어색함 없이 웃고 떠들었죠.

대략 10명가량이 모였는데 재미있는 것이.. 같이 살 때는 조금 사이가 안 좋았던 친구들도 언제 그랬냐는 듯이 서로 예전의 추억들을 이야기하며 함께 즐거워했다는 겁니다. 그 모습들을 보면서 관계라는 것은 절대적이거나 변하지 않는 것이 아니구나.. 라고 생각했답니다. 지나고 나면 다 추억이야..라고들 말하는 것들이 괜한 말이 아니라고 생각했죠.

그 당시 공동체라는 밀봉된 공간과 몇 명 안되는 관계 안에서 서로 쓰고 텁텁한 맛을 내는 관계로 어긋나 버렸던 관계들도 사회라는 공간으로 나와 다른 사람들과 관계를 맺고 다양한 경험들을 하면서 예전의 섭섭하고 화가 났던 기억들보다는 함께 즐거웠던 시간들을 남기고, 추억하면서 관계가 좋아진 것 같았어요. 관계가 와인처럼 디캔팅 되었다고 표현할 수 있지 않을까요?

결국 우리의 관계라는 것은 영원한 것이 아니랍니다. 물론 좋은 관계가 나빠지는 경우일 수도 있지만 많은 경우 나쁜 기억은 조금 날아가고 좋은 기억, 견딜만했던 기억으로 바뀌는 경우들이 더 많은 것 같아요. 이것만 알아도 관계에서 오는 스트레스가 좀 덜하지 않을까 싶습니다. 지금은 회사라는 공간에, 학교라는 공간에, 학원이라는 공간에 밀봉되어 그 관계만 바라보고 이것이 내 인생의 전부라고 스트레스를 받고 있더라도, 영원히 이 밀봉된 상태로 남는 것이 아니라 와인이 산소를 만나는 디캔팅을 당하듯 우리도 다른 이들과 또 다른 관계를 만들고 경험을 해나가면서 지금의 쓴맛과 텁텁함은 사라질 수도 있다는 것을 생각하면요, 조금 그 관계를 대하는데 편해지지 않을까요?

　내가 살아가는데 분노가 큰 원동력이 되는 경우도 있지만, 꼭 그렇게 스트레스받고 자신을 내몰지 않아도 편안하게 행복하게 살아갈 수 있답니다. 그렇게 내가 먼저 그 관계에 스트레스받지 않고 편하게 다가갈 수 있다면 분명 그 사람도 나를 대하는 것이 조금은 달라질 거에요. 사람들은 자기를 싫어하는 사람을 본능적으로 알고, 또 그 사람들 자기도 꺼리게 되거든요. 그러면 더더욱 점점 갈라지는 길을 걸어가게 되겠죠.

　하지만 내가 관계에 스트레스를 덜 받는다면 그 사람을 조금은 편하게 대한다면 상대도 나를 편하게 대하기 시작할 겁니다. 그렇게 밀봉된 상태에서 미리 디캔팅(?)이 이루어지는 경우도 나올 수 있으니까 우리 이제 지금의 관계에 너무 스트레스 받지 말기로 해요. 이 관계가 영원하지는 않다는 것, 그리고 시간이 지나면 그리 나쁜 관계가 아니었다고 추억하게 될 관계라는 것을 생각하면서 조금은 부담 없이 다가가고, 조금 더 따뜻하게 다른 이들을 생각하는 우리가 되면 좋겠습니다.

모든 이에게 배우기

공자님 말씀 중에 '삼인행필유아사언'이라는 말이 있습니다. 세 명이 함께 가면 그중에 스승이 있다는 말이죠. 정말로 그렇게 생각하나요? 엄청나게 뛰어난 사람들이 아니고 그냥 같이 가는 세 명 중에 스승이 있을까요? 제 경험에 의하면 정말로 그렇습니다. 아니죠. 세 명중에 있는 것이 아니라 세 명 다 스승이 될 수 있다고 생각해요.

다른 사람에게서 배울 것은 항상 있습니다. 누구나 저보다 무언가 뛰어난 점이 있기 마련이거든요. 다만 나의 선입견이 그것을 가리는 경우가 많습니다. 저 사람은 나보다 못사니까, 쟤는 나보다 어리니까, 쟤는 나보다 일을 못하니까. "나는 저 사람한테 배울 것이 없어~!!"라고 단정 짓곤 하죠. 이런 생각을 가지고 사는 사람들은 정말로 좋은 스승들을 자신의 잘못된 생각으로 내치고 있는 것이라고 생각합니다. 많은 기회를 아깝게 차버리는 것이죠.

내가 마주하고 있는 그 사람은 나보다 나이가 어려도, 나보다 악기를 못 다뤄도, 나보다 공부를 못해도, 나보다 무언가 뛰어난 점이 반드시 있기 마련입니다. 그런데 가끔은 그 능력을 잘~찾아봐야 보이는 경우가 있어요. 어떤 능력들은 게임의 '패시브 스킬'과 같아서 겉으로 화려하게 드러나지 않는 능력들이 있거든요. 그런데 어쩌면 이렇게 잘 드러나지 않는 능력들이 우리에게 더 필요한 것이 될 수 있다는 생각을 해야 합니다.

제가 항상 강조하는 '따뜻한 사람','사람의 마음을 끄는 사람'이라는 능력이 그러하죠. 정말로 모자라 보이지만 왠지 끌리는 사람, 주변에 그런 사람이 있다면 반드시 친하게 지내면서 어떤 특징들이 있는지 살펴보고 배울 수 있어야 합니다.

그런데 이렇게 다른 사람들의 능력을 알아채고 '배우려는 생각'을 하기 위해서는 제일 먼저 나의 선입견을 버려야 합니다. 나이가 어리거나 한 분야에서 나보다 능력이 없다는 것은 상대에게 배울 것이 없다는 것이 아니에요. 저는 이걸 저보다 어린 친구들이랑 함께 살아가면서 느꼈습니다.

저는 수도원에 살 때 주로 중고등학생부터 대학생까지의 청년들을 주로 만났습니다. 저보다 적게는 10살 많게는 25살 차이까지 나는 아이들과 동생들이랑 함께 살았죠. 이 친구들이란 함께 살면서 제가 매번 느꼈던 것은 "와..얘네는 정말 대단하구나."라는 것이었어요. 저는 그 나이 때 절대로 하지 못했을 것을 하는 아이들을 볼 때, 저는 고등학생 때까지 사람들 앞에서 말도 못하는 내성적인 아이였는데 이 친구들은 사람들 앞에서 자신을 드러내는 것이 거리낌 없고, 너무나 자연스럽게 하고 있는 것을 보면서 정말 대단하다고 느꼈거든요. 그리고 어떤 친구들은 정리를 잘하고 어떤 친구들은 계획을 잘 세워서 일을 진행하고요.

저한테는 정말로 어려운 것들을 이 어린 친구들은 잘하고 있더라고요. 이런데도 어리다는 이유로 자신의 스승으로 받아들이기를 거부할 건가요? 이 경우는 자신의 자존심이 허락하지 않아 거부하는 경우가 대부분일 겁니다. 우리나라는 특히 군대와 유교의 영향 때문인지 모르겠지만, 나이가 어리다는 것이 어리석다는 것과 같은 말로 느껴지는 것 같아요. 어른들 말을 들으면 자다가도 떡이 나온다고 굳게 믿죠. 하지만 동생들 말을 들어도 자다가 떡이 나옵니다. 누구나 나보다 나은 점이 있고, 그것을 통해서 내가 부족하다는 것을 인식하면서 그 사람의 장점을 배워 나를 성장시켜 나가는 것이 중요하죠.

나보다 어린 사람에게 가르침을 청한다는 것은 절대로 부끄러운 것이 아니라고 생각합니다. 오히려 더 성숙한 모습이지 않을까요? 나보다 어린 동생에게도 배울 것이 있다는 것을 인정하는 겸손함은 자연스레 상대에 대한 존중으로 이어집니다. 그런데 주변을 둘러보면 이것을 실천하는 사람들은 별로 없는 것 같아요. 그렇기 때문에 우리가 이걸 해낸다면 그 몇 안 되는 희소성 있는 능력을 갖춘 사람이 되는 것이죠. 덤으로 이런 존중과 따뜻함의 능력으로 세상을 좀 더 따뜻하게 만들 수 있게 될 겁니다. 이것이 우리의 '패시브 능력'이 될 수 있죠.

상대에 대한 자동적인 존중. 이것은 상대로 하여금 자신이 존중받고 있다는 것을 느끼게 하고 '이 사람은 나이 많다고 나를 가르치려고만 하지 않고 나를 존중해주네?'라는 생각을 하게 하죠. 이러한 물음은 상대에 대한 관심으로 변하고, 그 관심은 다시 상대에 대한 호감으로 바뀌죠. 그리고 어느새 우리 주변엔 사람이 와서 쉬었다 가는 그늘이 드리워져 있게 될 겁니다. 이렇게 되면 나는 정작 해준 것이 없지만, 사람들은 우리 곁에 와서 쉬면서 알아서 힘과 위로를 얻어가게 되죠.

"세 사람이 함께 가면 그 중에 스승이 있다." 이 말은 그저 옛 성현의 높으신 말씀이 아니라 지금 우리 시대에 더 필요한 말씀이 아닐까 생각합니다. 우리의 많은 선입견을 깨고 모든 사람으로부터 배울 것을 찾고 나를 바꾸어 갈 때 사회를 그리고 나를 좀 더 따뜻하게 성장시켜 나갈 수 있지 않을까요? 그러니까요 우리 상대를 무시하지 말고 나보다 나은 점을 찾아서 배우려는 존중의 마음을 가지면서 살아보는 우리가 되면 좋겠습니다.

오래될수록

이사 준비하면서 집안에 들일 물건들을 사기 위해 돌아다니던 때의 이야기입니다. 냉장고나 세탁기, 가구 같은 것들 말이죠. 그런데 인터넷으로 알아봤을 때도 그랬지만 참 비싸더라고요.그래서 중고시장을 알아보게 되었습니다. 중고 가전제품과 가구를 취급하는 곳을 가보니 정말 신세계더군요. 반값도 안 되는 가격에 물건들을 구입하고 배달까지 가능한 것이었습니다. '내가 뭐 때문에 새 제품을 알아본 거지?'라는 생각을 하며 물건들을 구입했습니다.

누군가가 사용을 하였고, 시간이 그만큼 지났으니 그 가격이 많이 떨어졌을것이라는 생각을 하면서, 또 반대로 시간이 흐를수록 가격이 올라가는 것들에 대해서 생각이 들었습니다. 우리가 흔히 말하는 와인들, 발렌타인과 같은 양주들, 그리고 문화재나 장류가 있겠죠. 어떤 것들은 시간이 지날수록 그 기능이 쇠퇴해져 가고 어떤 것들은 시간이 지나면서 더 숙성되고 깊은 맛을 내며 그 값어치를 더해갑니다. 같은 시간의 흐름에 있으면서도 어떤 것들은 가치가 떨어지고 어떤 것은 가치가 올라간다는 것이 신기하게 느껴졌어요.

그러면서 사람 사이의 관계는 과연 어떨까? 라는 생각으로 이어졌습니다. 사람사이의 관계도 와인이나 양주와 비슷하지 않나 생각해요. 모든 와인이 시간이 지난다고 다 가치가 올라가는 것은 아니죠. 잘 숙성시킬 수 있는 환경이 갖춰진 곳에서 잘 보관되어야 시간이 지나면서 그 풍미를 더해가겠죠. 밖에 그냥 내버려 두거나 잘못 보관하면 말라버리거나 상해버릴 수 있으니까요. 사람 사이의 관계도 그렇지 않을까요? 시간이 지날수록 추억을 공유하며 깊어지는 우정이 있는가 하면, 시간이 지날수록 꼴도 보기 싫은 원수지간이 되어 버리는 경우도 있으니까요.

그 차이점이 무엇일까요? 일단은 성향의 문제도 있을 겁니다. 정말로 안 맞는 사람은 어떤 노력을 해도 안 맞는 경우가 있더라고요. 이런 경우는 적당한 간격을 유지하는 것도 필요하다고 생각합니다. 하지만 그런 경우가 아니라면 서로 다가가려는 노력을 통해 함께 시간을 보내며 관계를 형성하는 환경을 함께 만들어 시간이 갈수록 깊이를 더해가는 사이가 될 수 있지 않을까요?

그런데 한 가지 주의할 것은 있습니다. 아무리 봐도 저 사람과의 관계가 썩어가고 있다고 생각하더라도 바로 포기할 것은 아니라는 것이죠. 그것이 정말로 썩어가는 건지, 발효되는 건지는 잘 생각해 봐야 하거든요. 우리가 메주를 보면, 그리고 냄새를 맡으면, 바로 드는 생각은 "썩었다"일 거예요. 하지만 이 메주야 말로 우리가 고추장이나 간장, 된장 같은 맛있는 장을 담그는데 없어서는 안 되는 것이잖아요. 그러니까 얼핏 봐서 아니다 싶더라도, 이 관계가 정말로 안 되는 관계인지 아니면 지금은 조금 힘들지만 이어나갔을 때 내 인생의 선물이 될 친구가 될지는 시간을 두고 생각해 봐야 한다는 것이죠.

한 번 보고 "아, 저 사람은 나랑 맞지 않아!"라고 생각하고 등을 돌려버려서 나에게 메주 같은(?) 소중한 인연을 놓쳐 버린다면 그것만큼 아까운 것이 있을까요? 그러니까 지금 나와 관계를 맺고 있는 많은 사람들과 어떤 관계를 맺어야 하고 어떻게 발전시켜 나가고 있는지 한번 생각해 보세요. 그리고 생각하기도 싫은 그 사람이 혹시 나와의 관계에서 발효되며 풍미를 더 하고 있는 중은 아닐까? 하고 다시 한 번 생각해 보시고요.

썩은 것처럼 보이지만 발효 중인 소중한 관계일 수도 있다는 생각은 주변의 관계를 소홀히 여기지 않게 해 주고, 하나하나를 소중히 여길 수 있게 도와줄 거예요. 그렇게 각자가 모두 자신의 인연과 관계들을 소중히 여길 때 우리는 다 같이 서로를 배려하는 따뜻한 세상을 만들어 갈 수 있지 않을까요?

넓게 보기

제주도의 하늘은 언제 봐도 감탄이 나올 정도로 아름답습니다. 어떤 날은 흐리기도 하고 어떤 날은 맑기도 하고, 비도 오고 하지만 제주도의 하늘을 볼 때면 언제나 신비롭고 아름답다는 생각이 들더군요. 도시와 어떤 점이 다르길래 어떤 날씨에도 제주도는 언제나 아름다운 하늘을 가지고 있는 것일까..라는 생각을 해 보았습니다. 그러다가 문득 잔뜩 찌푸린 하늘을 보았는데 저쪽 한쪽에서는 빛이 또 새어 나오고 있었죠. 그 모습을 보고 제주도의 하늘을 다시 생각해 보았습니다. 다시 생각해보니 제주도의 하늘은 온통 흐리거나 온통 비만 오거나 하지는 않았더라고요. 아무리 비가 내리고 흐리더라고 꼭 한쪽 구석에서는 빛이 새어나오거나 파란 하늘이 수줍게 드러나곤 했습니다.

왜 유독 여기의 하늘만 그런 것일까..라는 생각을 해 보았죠. 한라산의 영향? 그럴 수 있습니다. 하지만 제가 내린 결론은 하늘이 넓다는 것이었어요. 제주도에는 높은 건물로 둘러싸여 하늘을 가리지 않습니다. 정말로 시내를 조금만 빠져나오면 내 시야의 4/5가 하늘이었으니까요. 그렇게 탁 트인 하늘에서는 하늘이 어떤 모습을 하고 있는지 구석구석 살펴볼 수 있었습니다. 흐린 부분도 보이고 맑은 부분도 보였죠. 빌딩 숲으로 싸여 있는 우리 동네의 하늘도 어쩌면 제주도의 하늘과 비슷할지도 모릅니다. 내가 지금 볼 수 있는 내 바로 위의 하늘은 잔뜩 찌푸리고 비를 쏟아내고 있지만, 저쪽 구석의 하늘은 또 빛이 새어 나오고 있을지 모르는 것이니까요. 그래서 도시에서는 그 아름다운 하늘을 가리고 있는 빌딩들로 인해 제대로 알아보고 좋아할 수 없는 게 아닐까라는 생각을 하게 되었습니다.

우리가 다른 사람과 함께 할 때도 그런 것 아닐까요? 우리가 누군가를 만나고 관계가 좋을 때는 모르겠지만, 관계가 한번 틀어지거나 마음에 들지 않는 사람이 생기면, 그 사람의 안 좋은 점만 찾아내게 됩니다. 상대방은 분명히 좋은 점을 가지고 있지만 그면은 보지 않은 채 상대방의 단점만을 자꾸 찾아내고 그 사람을 미워할 수밖에 없는 이유들을 만들어 냅니다. 그리고 더 미워하게 되죠. 그 사람은 분명히 좋은 점도 잔뜩 가지고 있을 텐데요..

도시에서 우리가 하늘을 보는 것과 비슷하지 않나요? 상대방에 대한 질투나 미움으로 벽을 높이 쌓아놓고 보면 우리는 그 사람의 아주 일부분만 볼 수 있습니다. 제주의 넓은 하늘은 정말로 다양한 모습으로 아름다운 것처럼 그 사람도 분명히 좋은 점 아름다운 부분이 있을 텐데, 빌딩이 우리의 시야를 가려 넓은 하늘의 다양한 모습을 볼 수 없게 가리듯 우리의 미움이라는 감정과 옹졸함이 상대의 좋은 점은 무시한 채 안 좋은 부분만 계속해서 바라보게 하는 건 아닌가 생각해 봅니다.

그래서 가끔은 그런 감정들은 잠시 묻어두고 그 사람을 그냥 있는 그대로 바라보는 것도 필요하다고 생각합니다. 시야를 가리는 것이 없어 넓은 하늘을 바라볼 수 있는 제주도에서처럼, 우리도 사람의 있는 그대로를 넓게 봐준다면 분명 사람들에게서 아름다운 모습을 발견할 수 있을 겁니다.

인간은 조금은 부족한 존재라 완벽하게 악할 수는 없는 법입니다. 그 넓은 그 사람이라는 세상 어딘가는 밝고 아름다운 부분이 존재하기 마련이죠. 그 부분을 보기 위해서는 다른 필터나 방해 없이 그 사람을 있는 그대로 봐 줄 수 있는 여유가 필요합니다. 그것은 한순간으로 끝낼 수는 없는 겁니다. 그래서 오래 봐주는 것 또한 필요하죠. 그렇게 사람들을 있는 그대로 보고 거기서 아름다움을 찾아낼 수 있다면 우리는 좀 더 사람들에게 친근하게 다가갈 수 있을 겁니다. 그렇게 서로를 따뜻한 시선으로 바라봐 줄 때 세상도 조금은 더 따뜻해지지 않을까요?

다른 사람을 도울 때도 필요한 관계

'라포'라는 말을 아시나요? 라포는 대개 의사-환자 관계를 이야기 합니다. 흔히들 환자와의 관계를 쌓는 것을 라포를 쌓는다고 이야기하고 관계가 틀어지는 것을 라포가 깨진다. 라고 표현을 하죠. 오늘 교수님과 회진을 돌다가 우리가 환자들과 라포를 쌓는 것은 그 환자들에게 더 이롭게 하는데 반드시 필요하다는 이야기를 하였습니다.

의사-환자의 관계에서 물론 의사가 좀 더 위에 있다고 생각할 수도 있습니다. 하지만 또 반드시 그렇지만은 아닌 것도 사실입니다. 아무리 환자에게 필요한 검사와 치료라고 하더라도 환자나 보호자가 거부를 하면 할 수가 없거든요. 정말로 안타까운 일이지만 말이죠. 그런데 이렇게 거부하는 경우는 경제적인 이유 일 때도 있지만 라포가 깨진 경우 다시 말해서 의사와 환자의 관계가 틀어진 경우 더 쉽게 나타납니다.

말이 의사-환자의 관계이지 이건 그냥 인간관계라고 보시면 될 것 같아요. 우리는 우리가 좋아하고 신뢰하는 사람의 말은 기가 막히게 잘 듣습니다. 반면에 싫어하는 사람의 말은 아무리 옳은 말이라도 그 말을 들으면 왠지 지는 것 같아서 옳은걸 알면서도 반대를 하죠. 온갖 이유를 대면서 말이에요. 이건 의사-환자 관계에서도 마찬가지 입니다. 환자가 의사를 믿지 못한다면 의사가 이런저런 검사를 하자고 할 때나 치료를 제시 할 때 그 말을 따르고 싶을까요? 그런데 중요한 것은 이런 믿음이 그 의사의 지식에 대한 평가가 아닌 평소의 관계에서 대부분 나온다는 것입니다.

　우리가 의사를 볼 때 그 사람의 지식의 정도를 알 수 있을까요? 아닐 겁니다. 그냥 의사는 다 알 것이라고 생각할 겁니다. 오히려 그 사람이 나를 대하는 태도에서 그 사람을 신뢰할지 말지를 결정하죠. 이 의사가 과연 나를 위해서 이 이야기를 하고 있는 건지 아니면 자기 편하려고 이러는 건지를 생각하겠죠. 평소에 관계를 잘 쌓아서 이 의사라면 적어도 나한데 해가 되는 이야기를 하지는 않을 것이라는 믿음이 쌓인다면 대개 그 환자와 보호자는 치료와 검사를 제시하는 대로 잘 따라 주십니다. 중간에 어느 정도 비합리적인 것 같은 부분이 있어도 대개 믿고 따라와 주시죠. 그렇게 되면 진단도 빠르게 되어 결과적으로 환자분에게 좋은 결과로 돌아가는 경우가 많습니다.

　하지만 반대로 평소에 저 의사가 나를 대하는 태도가 마음에 안 들었다면 어떤 검사나 치료를 제시 했을 때 믿음이 갈까요? 그것이 나를 위한 것이 아니라고 생각할 온갖 이유를 대서 반대 할 겁니다. 그러다보면 그 의사는 정말로 환자에게 최선의 방법을 제시 했지만 환자분이 믿질 못해서 늦어지고 치료에 악영향을 끼치는 경우가 생기겠죠.

그래서 이렇게 라포를 쌓는 것은 중요합니다. 나의 의도가 아무리 순수하고 정말로 상대를 위하는 일이라도 상대가 그걸 믿어주지 않으면 도움을 드릴 수가 없으니까요. 결국 결정하는 것은 환자와 보호자니까요. 결국 환자의 경과를 좋게 하는데 왠지 의학과는 전혀 관계가 없을 것 같은 '인간관계'가 엄청 큰 역할을 하게 된다는 겁니다.

이것은 병원에서만 있는 일이 아닐 겁니다. 우리는 살면서 정말로 순수한 마음으로 다른 이들에게 도움을 주고 싶을 때가 있고 그렇게 손을 내밉니다. 하지만 우리가 관계에 너무도 서툴다면 내가 내민 그 손을 상대가 잡지 않겠죠. 우리가 소를 물가로 끌고 갈 수는 있지만 그 물을 마시게 할 수는 없습니다. 결국 마지막에는 당사자가 결정을 해야 하는 거니까요. 그래서 우리의 관계는 그 마지막 스위치를 켤 수 있게 도와주는 것이죠. 반대로 말하면 우리가 관계를 맺지 못한다면 그 스위치를 켤 수 없는 겁니다. 결국 상대방을 돕고자 하는 마음은 있으나 도울 수 없는 것이죠.

그래서 저는 내가 누군가에게 도움을 주고 무언가를 주고 싶을 때도 관계를 잘 맺는 것이 필요하다고 생각합니다. 내가 준다는데 자기가 안 받겠어? 라는 고압적인 자세로 나간다면 상대는 안 받습니다. 아무리 좋은 것을 준다고 해도 거기에 무슨 꿍꿍이가 있을 것이라는 의심부터 드는데 과연 상대가 그걸 감사하며 받을까요? 그래서 우리의 관계는 정말로 생각지도 못한 모든 면에서 작용하고 있습니다. 왜냐하면, 어디든 사람들이 사는 곳이고, 사람 사이의 관계니까요.

그러니 우리가 다른 이들과 관계를 맺는 힘을 길러야 할 겁니다. 특히나 누군가에게 도움이 되고 싶다면 말이죠. 다른 사람에게 따뜻함을 주고, 저 사람은 나를 위해주고 있다는 마음을 전할 수 있다면 그 전달된 마음이 믿음으로 다가오고 상대에게 더 도움을 주고, 더 따뜻해 질 수 있겠죠.

그러니까요, 관계라는 것을 무시하지 않으시면 좋겠습니다. 우리가 관계를 무시한다면 잃어버리는 것이 너무 많고 쉽게 갈 길을 너무 멀리 돌아가야 하는 경우도 많아지니까요. 그리고 관계를 쌓기 위해서는 우리가 따뜻한 사람이 되어야 하죠. 그리고 그걸 잘 표현해야 할 것이고요. 그래서 제가 영리한 호구를 항상 강조합니다. 부담 없이 따뜻하면서 주변에 사람을 끄는 힘이 있는 모델이니까요. 그래서 우리 모두 누군가를 도울 때도 상대방을 배려하는 따뜻한 우리가 되면 좋겠습니다.

존중 추정의 원칙

요즘 자주 보는 유튜브 영상이 있습니다. 게임 유튜브 영상 중에 '푸린'님과 '플레임'님 '김왼팔'님 영상을 잘 보고 있지요. 저는 게임을 잘하지 못합니다. 그리고 게임을 할 만한 시간도 많이 없고요. 그런데 그 유튜버들의 영상을 보면 정상적인 길이 아닌 곳도 찾아서 가는 방법들이 있고, 또 어떤 분은 청소하는 게임을 하면서 다른 게스트를 초대해서 같이 이런저런 이야기를 나누기도 합니다. 그래서 처음에는 그냥 게임을 하는 게 신기해서, 더군다나 잘하는 것이 신기해서 영상들을 넋을 잃고 보곤 했습니다. 어떻게 게임을 저렇게 하지? 하고 말이죠.

그러다가 푸린님의 영상에서 그 게임을 그렇게까지 길을 달달 외우고 컨트롤을 외울 정도로 하기 위해서 같은 게임을 몇십 번 몇백 번을 반복하고, 심지어 같은 부분을 세이브를 해가며 기술을 수십 번 반복해서 연마(?)한 그 세이브 파일들을 보여준 적이 있습니다. 밤을 새워가며 연습을 하기도 하죠. 저는 그때 한대 얻어맞은 듯한 느낌을 받았어요. 저렇게 게임을 하기 위해서 진심으로 노력하는 사람이었구나..라는 생각이 들어서였죠. 그래서 나이야 저보다 어리겠지만 존경스러운 생각이 들었습니다. 그리고 플레임님은 게임을 하면서 이런저런 이야기들을 하는데 게임 방송을 한 번에 몇 시간씩 한다는 것을 보고 그 또한 쉽지 않은 것이라는 생각이 들어서 또 존경스러운 마음이 들었죠. '김원팔'님은 공포게임을 주로 하면서 그렇게 무서워하면서도 해 나가고, 뭔가 다른 사람들한테 놀림당하는 듯한 영상들이 많은데도 화내거나 짜증 내지도 않고 그것들을 재미로 승화시키기도 합니다. 이분들은 유튜브와 방송에 진심으로 노력하는 분들이구나 라는 생각을 하게 되었죠.

저는 지금까지 유튜브를 별로 보지 않았고 트위치 같은 다른 인터넷 방송도 보지 않았습니다. 그래서 게임 유튜버라고 하면 그냥 자기가 게임 한 것을 올리는 말 좀 잘하는 사람 정도로 생각하고 있었던 것 같아요. 거기에 무슨 노력이 들어간다고는 생각 안 했습니다. 어떻게 보면 내심 무시(?) 하는 생각이 있었던 것 같아요. 놀면서 게임을 하는데 돈을 번다니 말이죠.

하지만 그 영상들을 보고 그 노력들을 알게 되면서 크게 반성하게 되었습니다. 내 시야가 정말로 좁았구나, 다들 진심으로 노력하고 있구나 하고 말이죠. 게임 하는 게 힘든 것도 아니고 자기가 재미있어서 하는 건데 그게 뭐가 어렵다고 그러냐고 말씀하실 수도 있어요. 왜냐하면 저도 처음엔 그렇게 생각했으니까요. 그런데 그걸로 돈을 번다는 것은 또 다른 이야기입니다. 다른 사람들과는 다른 자신만의 영상 컨셉을 잡아야 하고요 남들보다 먼저 끊임없이 연습해야 하고, 하기 싫은 게임도 해야 하는 겁니다. 그리고 많은 사람들의 무시와 악플들도 겪어야 하고요. 그것들을 다 겪으면서 게임을 한다는 것은 보통 사람이 게임을 한다는 무게와 차원을 달리할 겁니다.

이런 생각을 예전에도 한 적이 있어요. 그때는 아이돌에 대한 생각이었죠. 저도 비교적 옛날 사람이라 아이돌이나 가수는 딴따라라며 가볍게 생각했던 적이 있습니다. 하지만 그들이 얼마나 연습을 하고, 경쟁은 또 얼마나 치열하며 그 안에서 수많은 노력을 한 후에야 빛을 볼 수 있고, 또 빛을 보지 못하는 수많은 사람이 있다는 것을 보면서.. 나는 과연 저렇게 열정적으로 뭔가를 위해 노력해 본 적이 있나? 하고 반성하게 되었고, '딴따라'라는 생각을 머릿속에서 지우게 되었습니다.

이 글을 보면서 '나도 얼마나 노력하면서 열심히 사는데 저런 삶만 훌륭하다고 보는거냐!!' 라고 말씀하실 수도 있어요. 제가 드리고 싶은 이야기가 바로 그겁니다~!! 우리는 다들 대단해요. 다들 노력하면서 살고 있고, 뭔가 몇 가지씩 다른 사람들보다 중점적으로 노력하며 살아가는 것들이 있습니다. 그런데 그 분야가 나와 다를 때는 우리는 흔히 '무시'하는 것 같아요. 내가 공부를 중시하는 사람이라면 누군가가 춤을 연습하고, 게임을 연습하는 것을 보면 노는 거라고 무시할 겁니다. 자기가 생각하는 '노력'의 범주에 있지 않은 것이니까요. 그 사람 생각에 춤과 게임은 그냥 '노는 것'이죠.

하지만 나는 무언가를 정말 열정적으로 노력하고 있습니다. 그리고 내 앞에 있는 누군가 또한 자신의 분야에서 최선을 다해 살아가죠. 비록 그

분야가 내가 생각하는 '노력'의 범주에 들어가지 않은 것이라 할지라도 말이죠. 그래서 우리는 항상 생각하고 있어야 합니다. 내 앞의 사람도 지금 드러나거나 내가 알 수는 없지만 무언가에 진심으로 노력하는 사람이라는 것을 말이죠. 그러다 보면 세상에 존경하고 존중하지 않을 사람이 없을 겁니다. 우리가 무시할 수 있는 사람이란 이 세상에 없습니다. 다들 소중하고 대단한 사람들이거든요.

그러니 우리 일단 자신이 대단한 사람이라는 것을 알아주시고 내 앞에 있는 이 사람도 정말로 대단하고 소중하며 존경할 만한 사람이라는 것을 생각해 보세요. 아직 그런 부분을 찾지 못했을지라도 말이죠. 이 사람이 무죄인 것을 기본으로 깔고 재판을 여는 무죄추정의 원칙처럼 일단 이 사람은 존경할 만한 사람이라고 기본적으로 깔고 그 후에 그 존경할 부분을 찾아보는 '존중 추정의 원칙'을 가져 보는 건 어떨까요?

우리가 누군가를 존경의 눈빛으로 바라본다면, 그 사람들은 처음에는 의심의 눈초리로 볼 겁니다. '이 사람이 왜 이러지? 나한테 뭔가 뜯어가려고 이러나?'하고 말이죠. 세상에 그런 사람들이 생각보다 많지 않으니까요. 하지만 이내 경계의 시간이 풀리고 진심을 알고 나면, 그 역시 존경의 눈빛으로 나를 바라봐 줄 겁니다. 내가 그 사람의 존경 포인트를 찾아낸다면 그 사람도 나에게서 그 포인트를 찾으려 할 테니까요.

그러니까요, 다른 사람을 일단 존경의 눈빛으로 보는 우리가 되면 좋겠습니다. 우리가 서로를 존경의 눈으로 바라보고 따뜻한 눈으로 바라볼 때, 그리고 그 눈빛들이 퍼져 나갈 때 이 세상이 더욱 따뜻해지지 않을까 생각합니다.

이름을 불러주세요

제가 수도원에 있으면서 청소년들과 만나는 일을 할 때 가장 기본적으로 노력했던 것이 그 아이들의 이름을 외우고 불러주는 것이었습니다. 이건 수도원 대대로 내려오는 꿀팁 같은 것이었죠. 새로운 곳으로 가서 새로운 아이들을 만나게 되면 사진을 보고 아이들의 이름을 외우거나 계속 물어보고 이름을 불러주게 되면 아이들도 더 쉽게 마음을 열고 저한테 다가와 주거든요. 아이들은 제 이름을 모르는데 제가 갑자기 그 아이들의 이름을 불러주면 깜짝 놀라는 아이들이 태반입니다. "제 이름을 어떻게 알아요?" 하고 말이죠. 그러면서 싫어하는 아이들은 못 봤죠.

이름을 알고 불러준다는 것은 그 사람에게 관심이 있고 그 사람을 있는 그대로 불러준다는 느낌이 드는 것 같습니다. 이름에는 무슨 힘이 있다는 판타지적인 이야기가 아니더라도 누군가의 이름을 불러준다는 것은 그 존재를 존중한다는 느낌이 있는 것 같아요. 그래서 제가 누군가를 만나고 관계를 맺을 때 거의 습관적으로 하는 것이 이름을 외우고 불러주는 겁니다.

그런데 그게 병원에서는 되게 신기한 일인가 봅니다. 병동에는 많은 간호사 선생님들이 계세요. 그리고 각 병실마다 혹은 환자 몇 명마다 한 명씩 간호사 쌤이 배정되어 있죠. 그래서 제 환자마다 담당하는 간호사 선생님들이 모두 다릅니다. 환자 상태에 대해 물어보기 위해서는 그 환자 담당이 누군지 확인하고 불러야 하죠. 그런데 대개 병동에서는 "xxx 환자 담당하시는 분~"이라고 부르며 담당 간호사를 찾기 마련입니다. 그런데 저희 병동 가운데 환자 명단이 있고 거기에는 담당 간호사 선생님들의 이름이 써있어요. 그래서 습관적으로 제 환자에 대해 궁금한 것이 생기면 가서 확인하고 "xxx 선생님~" 하고 이름을 부르고 찾아가서 환자에 대해 물어봅니다. 그리고 전화로도 "xxx 환자 담당 간호사님 바꿔주세요."가 아니라 "xxx 쌤 좀 바꿔주실래요?"라고 통화를 하죠.

처음에는 저희 병동 간호사 선생님들이 그게 되게 이상했나 봅니다. 처음 전화해서 그렇게 "xxx 선생님 좀 바꿔주세요~"라고 말했을 때 "뭐라고요?"라고 당황한 웃음소리를 내며 되묻던 간호사 쌤의 목소리가 아직도 기억이 나네요. 솔직히 고백하자면 저는 머리가 좋지 않아서 간호사 선생님들 이름을 처음부터 다 외우지는 못했어요. 명단 보고 가서 아는 척하면서 일부러 이름을 부른 적도 많이 있답니다. 하지만 "이름을 부른다는 것"만으로도 저를 뭔가 다르게 보는 것 같은 느낌이 있어요.

그래서 언제부턴가 병동에 전화를 걸어서 "xxx 선생님 계세요?"라고 물으면 예전 같으면 "xxx선생님~ xx 환자 때문에 주치의 선생님이 찾아요 ~"라고 불렀다면 요즘은 "xxx 선생님~ xx 환자 때문에 최영민 선생님이 찾아요~" 라고 제 이름을 불러주기 시작하셨거든요.

물론 별 의미 없는 변화일 수도 있지만, 저 역시도 "주치의 선생님"이라고 불리는 것이랑 "최영민 선생님"으로 불리는 것이란 느낌이 다릅니다. 뭔가 이름을 불러 준다는 것은 더 '관계가 있다'라는 느낌이라고 할까요? 같이 일하는 사람들과 관계를 맺는다는 것은 중요한 것 같아요. 물론 환자를 치료한다는 '일' 자체에 크게 영향을 주지 못할 수는 있지만 뭔가 일을 하면서 겪게 되는 스트레스 상황을 조금이나마 완화시켜 주는 것 같아요.

환자 상태가 좋지 않거나 그런 설명을 해야 할 때, 그리고 자잘한 일들이 풀리지 않을 때 스트레스가 올 수밖에 없습니다. 그런데 그런 것들을 온전히 혼자 끌어안고 있는 것과 함께 일하는 사람들과 공감하면서 그 관계 안에서 즐거움을 찾게 된다면 일에서 오는 스트레스를 조금이나마 해소할 수 있게 되는 것 같아요. 직장도 사람들이 살아가는 곳이잖아요. 정말로 관계가 꼬이면 일보다도 힘든 것이 관계이지만 반대로 관계가 괜찮으면 힘든 일도 조금은 할 만 해 지는 것이 관계니까요.

그러니까 웬만하면 직장 안에서의 관계도 그냥 일을 같이하는 관계가 아니라 사람과 사람과의 만남과 관계라고 생각하는 것이 더 좋지 않을까요? 이왕이면 그러는 것이 나를 위해서나 직장 전체의 분위기를 위해서도 그리고 그게 확장되어 좀 더 따뜻한 사회를 만드는 방법이 아닐까 생각해요.

이름을 불러준다는 것에 대한 의미를 생각해봅니다. 그 사람을 어떤 일을 위한 '도구'가 아니라 나와 같은 한 명의 사람으로 존중해준다는 의미 말이죠. 그러니 내일부터라도 관계를 맺는 사람이 있다면 이름을 기억해 주고 이름을 한번 불러봐 주세요. 그러면 사람들은 처음엔 우리를 조금은 희한한 눈으로 쳐다보겠지만, 점점 그 사람들도 우리한테 그렇게 대해주고 그 사람들이 또 다른 사람들에게 그렇게 전해주면 사회가 다 같이 따뜻해질 테니까요. 그렇게 따뜻함이 퍼져 나가는 출발점이 되는 우리가 되면 좋겠습니다.

다른 이에게 사과할 때

우리는 살면서 잘못을 합니다. 우리가 아무리 따뜻하고 다른 사람을 품어주겠다고 다짐을 하지만 그래도 사람들은 저마다 다르기 때문에 의도치 않게 다른 이에게 상처를 줄 수가 있거든요. 그럴 때 우리는 '사과'를 해야 합니다. 그러면 이 사과는 어떻게 하는 것이 좋을까요?

예전에 저는 제가 뭔가 잘못했다 싶으면 바로 가서 미안하다고 이야기 했습니다. 제가 예전에는 다른 사람들에게 미움받는 것을 견딜 수 없어 해서 누군가가 제게 대하는 행동이 달라지면 '나 때문에 화가 났나?'라며 전전긍긍하던 때였거든요. 그리고 계속 마음 졸이다가 가서 화가 났느냐고 미안하다고 말하면 정작 상대는 그것에 대해 아무 생각이 없던 때도 많았죠.

한 번은 수도원에 같이 살던 친한 형한테 뭔가를 잘못하고 나서 또 혼자

끙끙 앓다가 저녁에 가서 이야기 좀 하자고 말을 건네고는 이야기하면서 사과를 했죠. 그런데 뭘 잘못했는지 아느냐는 질문에 말문이 막혔죠. 그러게요. 뭘 잘못했을까요. 그렇게 그때의 사과는 결과적으로 실패였어요. 오히려 사이가 벌어져서 다른 글에서 썼던 '냉전' 상태가 몇 개월 갔거든요.

그러고 나서 한참이 지난 후에 함께 이야기하고 풀게 되었고 그때 그 형이 말해준 것이 있습니다. 그때 당시에 형이 많이 힘들었던 시기여서 그랬던 것도 있다고, 그런데 "너는 상처 받은 상대가 그것에 대해서 추스를 시간은 주지도 않고 너무 너 편하고 싶어서 빨리 사과해 버리는 것 같아."라고.. 머리를 한 대 맞은 것 같은 느낌이었어요. 그런 생각은 해 본 적이 없거든요.

그냥 먼저 가서 사과하는 것이 성숙한 것이고, 그렇게 하는 것이 좋다고만 생각했지, 상대방도 그것을 준비하고 정리할 시간이 필요하다는 것을 생각해 본 적이 없었습니다. 그래서 그 이야기를 들은 후에는 뭔가 잘못한 것이 있으면 내 마음이 편해지려고 바로 그날 가서 사과하는 것이 아니라 며칠 두고 보다가 상대의 컨디션을 생각해 보는 여유를 가지게 되었죠.

사과를 한다는 것.. 이것을 저는 상대를 위한 것으로 생각했어요. 내 자존심을 깎아가며 다른 이에게 해야 하는 말이니까요. 그런데 잘 생각해 보면 아닌 것 같아요. 저는 제 마음이 빨리 편해지고 싶어서 사과를 '해버린' 적이 많았던 것 같거든요. 그리고서는 내가 성숙한 인간이라며 자기 합리화했죠. 정말 미숙한 생각이었고, 자다가 부끄러움에 이불을 찰 만한 일이었어요. 이렇게 우리의 행동은 그 의도를 잘 살펴봐야 해요. 나는 다른 이를 위해서 하는 일이라고 하지만 결국 내가 편하려고, 또는 나를 위한 일인 경우가 꽤 많거든요. 물론 나를 위해서 하는 것이 나쁘다는 것은 아니에요. 하지만 나를 위한 일을 하면서 자신의 '의도조차' 모른 채, 내가 그냥 마음이 넓으니까 그런 거라고 정신승리를 하고 있다면 우리는 성장할 수 없을 거예요. 나의 부족함을 알아내는 것이 성장하는 방법이니까요.

그러니까 우리가 정말로 다른 사람을 위한다면, 다른 사람을 위해서 그리고 우리의 관계를 위해서 사과를 하는 것이라면 나의 입장만 생각하지 말고, 나만 희생하는 것이라 착각하지 말고, 상대방의 입장에서 생각해 주어야 해요. 그리고 내가 잘못한 것은 무엇이고 상대가 잘못한 것은 무엇인지 잘 생각해 본 후에 내가 잘못한 부분에 대해서는 확실히 사과하고, 그때 받았던 감정에 대해서는 말해주는 것이 좋아요. 사람이 어떻게 일방적인 잘못을 하겠어요. 대부분이 쌍방과실이죠. 그런데 내가 모든 잘못을 한 것인 양 뒤집어쓴 채 사과를 해버리는 것은 상대를 위한 것이 아닐 거예요. 그냥 마음의 짐을 버리기 위한 내 행동이겠죠. 내가 잘못한 부분에 대해서는 확실히 사과하고 더 나아가 그 사람이 잘못한 것에 관해서 이야기해주고, 할 수 있다면 사과를 요구하는 것이 좀 더 건강한 관계를 만들어나가는 길이라고 생각해요.

각자 잘못한 부분을 인정하고 또다시 함께 나아간다면 여러 가지 상황을 통해 함께 성숙해지는 우리가 될 수 있지 않을까요? 그렇게 관계를 조금씩 넓히다 보면 그 관계 속에서 우리 사회는 조금 더 따뜻해질 겁니다~!! 그러면 서로를 위해서 성숙하게 사과하고 함께 나아가는 우리가 되면 좋겠습니다~!!

부메랑처럼 나에게 돌아오는 뒷담화

'뒷담화만 하지 않아도 성인이 됩니다.' 라는 책이 있습니다. 이 책 제목을 듣고 의아했죠. 그거 안 하는 게 뭐가 어렵다고 뒷담화만 안 해도 성인이 된다고 하지? 그리고는 별생각 없이 삶을 살고 있었어요. 하지만 어느 날 아는 친구와 뒷담화를 하고 있는 저를 보면서 깜짝 놀랐고, '이게 쉬운일은 아니구나.' 라는 생각을 하게 되었죠.

우리는 어떤 사람이 없는 곳에서 그 사람에 대한 단점을 이야기하곤 해요. 특히나 그 대상이 높으신 분이라 감히 앞에서 이야기할 수 없는 경우에 그 재미는 극대화되죠. 그 대상에 대해 공감대가 형성되어 있는 경우 두 사람 사이에서 이야기들이 눈덩이처럼 불어나면서 그 사람이 상종 못할 인간이 되어 버리는 경우가 종종 있어요.

그렇게 이 뒷담화는 한번 시작하면 멈출 수가 없다는 특징이 있어요. 너무 재미있기도 하고, 무엇보다도 그 사람 때문에 힘든 나의 상황을 위로 받는다는 느낌도 있고 그 사람을 미워하는 것이 나만 있는 것이 아니기 때문에 그 사람을 미워하는 내가 나쁜 사람이 아니라는 안도감도 함께 느낄 수 있거든요. 험담을 하면 할수록 그 사람은 나쁜 사람이 되고 그에 피해를 입고 그 사람을 싫어하는 나는 그럴 수밖에 없는 타당한 상황이라고 생각이 되니까요.

뒷담화를 하면서 생각한 것이지만 참 좋지 않은 것이라는 생각이 들어요. 지금 말씀드리는 것은 사람을 나쁘게 말하는 것이 좋지 않다는 도덕적인 것을 말씀드리는 것이 아니라, 그 뒷담화가 '나'에게 안 좋게 돌아오기 때문이에요. 그리고 함께 뒷담화를 하는 상대와의 관계에서도 좋을 것이 없어요.

먼저 뒷담화를 누군가에게 했는데.. 그 누군가가 나보다 그 대상과 더 친한 경우가 있어요. 이 경우 상대방은 나보다 그 대상과 더 큰 신뢰관계를 맺고 있기 때문에 제 이야기가 받아들여지지 않을 뿐 아니라 당사자에게 들어가거나 뒷담화를 하는 사람으로 소문이 나는 경우가 생기죠. 저도 그런 경험이 있는데, 같이 사는 친구가 저와 친한 형에 대해서 불만을 이야기하는데 듣기가 너무 거북해서 그만하라고 한 적이 있었어요. 그리고 이 얘기를 해줬죠. 상대 봐가면서 해야 한다고, 그 사람이랑 상대랑 더 가까운 사이면 차라리 안 하는 것이 낫다고. 오히려 역관광 당할 수 있으니까요.

그리고 뒷담화를 함께 하는 상대와의 관계에도 좋지 않은 영향을 주죠. 저는 누군가가 저에게 다른 사람 험담을 하면 함께 들어주기는 해요. 아..이 사람이 힘들었겠구나..라는 생각이 들기도 하지만 한편으로는 '이 사람이 다른 사람에게 가서는 내 욕을 하지 않을까?'라는 생각이 계속 들어요. 이렇게 다른 사람에 대한 말을 잘하는 사람은 언젠가 내 얘기도 다른 사람에게 하지 않겠어요? 그런 생각이 자꾸 들어서 그 사람을 가까이 하기 힘들더라고요..

뒷담화. 할 때는 카타르시스가 느껴져요. 그 대상자는 나빠지고 저는 의로워지는 느낌이니까요. 그리고 함께 뒷담화를 하며 깊어지는 관계 또한 무시할 수 없죠. 비밀을 공유하는 느낌. 하지만 그것이 정말로 전부인 가요? 이야기하다 보면 '아.. 이 사람이 이렇게까지 나쁜 사람은 아닌데..'라는 생각이 들면서도 멈추지 못하고 계속 이야기한 적 없나요?

맞아요. 우리는 이러한 경험이 다들 있을 거예요. 아마 없는 사람이 없을 걸요? 그러니까 지금까지 해 왔던 것들은 딱히 내가 나쁜 사람이라거나 부족해서가 아니에요. 그냥 사람이니까.. 부족한 사람이니까 어쩔 수 없는 거예요. 하지만 나를 위해서 뒷담화를 조금 덜 해보면 어떨까요? 다른 사람을 위해서가 아니라 나를 위해서요. 결국 그 뒷담화로 피해를 보고 관계가 힘들어지는 것은 내가 될 테니까요. 남을 위해서가 아니라 '나'를 위해서 뒷담화를 하지 않다 보면 결과적으로는 조금 더 서로를 믿고 신뢰할 수 있는 세상이 되지 않을까 생각합니다. 그렇게 조금씩 노력해 가는 우리가 되면 좋겠습니다.

소수에 대한 배려

저는 평소에 좀비 영화를 보면서 이야기 하곤 했습니다. 저렇게 좀비가 터져 나오면 되도록 초반에 그냥 안 아픈데 물리고 빨리 좀비가 되어 버리는 게 마음 편하지 않겠냐고 말이죠. 어차피 멍한눈을 하고 뛰어다니는 것 밖에 없다면 인간으로 남아 언제 어디서 들이닥칠지 모르는 그 흉한 몰골을 두려워하며 평생 벌벌 떠느니 후딱 좀비가 되는 것이 낫지 않을까요? 그 상황에서 과연 인간을 유지하는 것이 얼마나 의미가 있을지 생각을 했습니다. 보기야 좀 흉해지겠지만 그래도 감각이 마비되고 이성이 없다면 괴롭지도 않을테니까요.

요즘 시대에 아직 좀비사태는 일어나지 않았으나.. 코로나가 그와 비슷한 상황이지 않을까 생각합니다. 정말로 무섭게 퍼져 나가고 있으니 말이죠. 그리고 결국 저도 걸렸습니다. 그렇게 자가격리가 되어 집에 박혀있게 되었습니다. 그러면서 이건 좀비와는 확연히 다르다는 것을 느꼈습니다.

일단 좀비는 이렇게 아프지 않을 겁니다. 아니 아파도 못 느끼지 않을까요? 반면 코로나는 아프네요. 목도 아프고 목소리도 잘 안 나오고요. 먼저 걸렸던 선배님들(?) 조언대로 약이라도 쟁여놓을 걸 그랬나봅니다. 그리고 좀비가 되어서 다른 사람들에게 폐를 끼치는 거라면 달려가서 물어서 동족으로 만드는 것이고, 그 마저도 이성이 없으니 죄책감이 없겠지만 코로나는 다른 것 같습니다. 일단 제가 하던 일을 다른 사람이 대신 해야 합니다. 그리고 계획되어 있던 당직이 꼬입니다. 제가 격리되는 1주일간 제가 서기로 되어있던 날짜를 바꿔서 다른 분들이 갑자기 당직을 서야 하는 경우가 생깁니다. 그리고 그것들이 얼마나 죄송스러운지 모르겠습니다.

이렇게 코로나와 좀비는 다르다는 것을 느꼈습니다. 그런데 사전투표날이었지요. 확진자들을 위한 사전투표시간이 오후5~6시로 배정을 받아서 동네 주민센터로 향했습니다. 그런데 거기서 느낀 것은 다시 '아..우리는 좀비들인가?'라는 생각을 했습니다. 바람 부는 추운 야외 주차장에서 기표소는 하나, 우주복을 입은 공무원들과 길게 늘어선 코로나 좀비들. '저 사람들 눈에는 내가 좀비로 보이는 건 아닐까?'라는 생각을 했습니다. 그나마 6시 조금 전에 도착한 사람들은 시간이 늦었다며 집으로 돌려보내는 것 같았습니다. 예상보다 많은 사람들이 몰려서 인원이 부족하고, 준비가 부족했다는 설명이 있었죠.

그냥 좀 섭섭한 마음이 들었습니다. 아픈데 나와서 바람 부는 추운데서 계속 줄을 서 있다가 예상치 못한 인원이라는 이야기를 들었으니까요. 보건소에서 조사는 엄청 자세히 하던데 이 동네 확진자 수를 몰랐다는 것이 말이 되는지, 아니면 이 사람들이 투표를 안 할 것이라고 국민성을 의심했던 것인지. 어느 쪽으로든 섭섭했던 건 사실이었습니다. 그러면서 '역시 우리가 좀비로 보였으니까 사람들이 그러는 것 아닐까?'라는 생각을 했습니다. 그리고 그건 우리가 상대적으로 적은 인원이기 때문이라는 생각이 들었습니다. 전 국민의 대부분이 코로나가 걸렸다면 이러지 않았을 것이라 생각했죠.

결국 이 사회에서 다수에 속한 다는 것에 안정감을 느끼는 이유가 이것이라 생각했습니다. 가만히 있어도 보장 되는 것들이 상당히 많으니까요. 이번 기회에 이런 '소수'의 집단에 속해 보면서 평소에 다수의 입장에서 바라보았던 많은 수적 열세를 가진 집단들에 대해서 생각해 보게 되었습니다.

외국인들, 재산이나 직업 때문에 소외 받는 사람들, 혼자서 살아가고 계신 독거노인들, 미혼모들, 부모님 없이 자라난 아이들.. 그러한 소수들만의 집단들이 알게 모르게 받게 되는 소외감과 불이익을 가지고 살아가고 있다는 생각이 들었죠. 그러한 것들에 대해 저도 이전에는 생각을 해 본적조차 없다는 사실에서 다들 비슷한 생각으로 살아가지 있을 것이라 생각을 하게 되었습니다.

그러니 지금부터라도 주변에 있는 소수에 속해서 불이익을 받고 있는 사람들에 대해서 생각해 보는 시간들을 가져보는 것은 어떨까 생각합니다. 나는 절대 그 소수에 속할 리 없다고, 그런 생각조차 해본 적이 없던 저였지만, 코로나에 걸리면서 그 '소수'에 속하게 되었습니다. 세상에 '절대'라는 것은 없고 언젠가 나에게도 그런 일들이 일어 날 수 있다는 가능성이 열려 있다고 생각을 하게 되면 조금 더 생각하고 배려 할 수 있게 되지 않을까요?

사람은 한결 같을 수 없는 것

　사람은 참 나약한 존재라는 것을 요즘 많이 느낍니다. 사람이라고 칭할 것도 없이 그냥 제 이야기이죠. 환자수가 적고 일이 많지 않고 여유로울 때는 세상 너그러운 사람인 척 살아가지만 일이 바빠지고 스트레스가 쌓이기 시작하면 여지없이 날카로움이 묻어나니까요. 어떤 달에는 비교적 여유로운 파트에 있었고, 환자 분들도 많지 않았고, 그리고 위험한 상태에 있는 환자분들 보다는 그냥 주기적으로 와서 항암치료하고 3박4일 후에 퇴원하시는 환자분들이 많았어요. 그래서 환자가 잘못될까봐 고심하거나 일이 많아 퇴근을 못하는 일이 비교적 적었죠. 그래서 항상 여유롭게 웃으며 환자들과 농담도 주고받고 환자들과 같이 일하는 간호사 선생님들 이름까지 외우면서 일 할 수 있었어요. 항상 웃음을 머금고 여유롭고 따뜻한 사람으로 살 수 있었죠. 그래서 여지없이 저는 제가 그렇게 따뜻하고 자비

롭기만 한 사람이었다고 착각을 하며 살았답니다.

하지만 달이 바뀌고 담당하는 과가 바뀌면서 일이 밀리고, 환자분들 상태가 안 좋아지면 또 스트레스 받고, 맡고 있는 환자가 많아지면 또 스트레스 받고, 그러다보면 여유롭게 웃기보다는 얼굴에서 웃음기가 사라지고 속으로 짜증을 내고 있는 저를 발견합니다. 전에는 환자들을 하루에도 몇 번씩 보면서 관계를 맺어 갔다면 요즘은 하루에 두 번 보는 것도 힘드네요. 그렇게 일이 많아지고 스트레스가 쌓이다 보니 제가 앞에서 적어 놓았던 많은 글들이 저를 또 부끄럽게 합니다. 제가 세상 착하고 따뜻한 사람인 듯이 적어 놓았던 글들이, 상황이 바뀌니 그렇게 살지 못하는 저를 부끄럽게 합니다.

그러면서 생각하죠. '세상 사람들이 서로를 힘들게 하는 건 그 사람이 나빠서가 아니라 상황이 그렇게 만드는 것들이 아닐까?' 많은 일들과 성장해온 환경들, 그리고 주위사람들의 생각들이 사람들을 초조하게 만들고 그 때문에 사람들이 조급해지고 서로에 대한 배려가 줄어드는 건 아닐까요? 그럼에도 불구하고 자신의 노력이 있다면 바뀔 수 있는 여지가 있겠지만요.

내심 제가 착하다고 생각하고 넓은 마음으로 품어 줄 수 있다고 착각 한 것은 제가 그냥 여유로워서였던 거겠죠. 그래서 조금은 생각하게 되었답니다. 누군가가 제 맘에 들지 않을 때, '저 사람은 왜 저러지?'라는 생각이 들 때, 그 사람이 무언가에 내몰리고 있는 상황인 것은 아닌지 말이죠. 금전적이나 가족과 멀어져서 정서적 지지를 얻을 수 없거나 일이 너무 많거나 해서 점점 여유로울 수 없게 되는 것이죠. 그렇게 보면 마음에 안 드는 사람들도 조금은 다르게 보이지 않을까요? 왜냐하면.. 제가 그러고 있으니까요. 상황에 따라 이리도 바뀌는 것이 나인데, 다른 사람들도 나와 같은 것 이라는 생각이 드는거죠. '저 사람들도 여유로운 삶을 살고 있었다면 훨씬 따뜻한 사람이었지 않을까?'하고 말이죠.

하지만 이 생각이 그저 나의 예민해짐에 대한 핑계가 되면 안 될 것 같아요. 다른 사람들도 그러는데, 나라고 별 수 없다며 마냥 놓아버린다면, 그건 나를 위한 것도 아니고 다른 이들을 위한 것도 아니에요. 그렇게 내가 그럴 수밖에 없다고 생각하게 된다면 그건 다른 사람을 이해하는데 도움이 되는 게 아니라 오히려 나는 정당하지만 다른 사람들은 그래서는 안된다는 자기중심적인 생각으로 변질될 수 있으니까요. '나는 이렇게 힘든 상황이라 그런다 치지만 저 사람은 왜 저러는거야?' 하고 말이죠.

상황에 따라 달라지는 나의 모습에 너무 실망하는 것도 좋지 않지만, 그걸 느끼고 있는 것은 중요한 것 같아요. 한번 자기합리화로 나의 예민해짐을 덮어놓고 나면 다시 그걸 느끼고 거기에 부끄러움이나 예전으로 돌아가고 싶은 마음이 없어지거든요. 그러니까 언젠가 삶이 여유로워서 따뜻한 사람이었던 기억을 담아두고, 그 사람으로 돌아가려는 생각은 항상 잊지 않도록 해야겠습니다.

한 가지 덧붙일 것은, 내가 항상 따뜻하지 못한 것에 너무 실망하지는 말라는 겁니다. 그러다 보면 '역시 난 안돼.'라며 다 포기해 버리게 될 수 있거든요. 그건 정말로 최악이죠. 그러니까 한결같지 못한 나를 자책하기보다는 따뜻했던 그때를 추억하는 것이 더 좋을 것 같아요. 그 때의 따뜻했던 기억은 나에게 의무가 아니라 내가 진정 바라는 길을 제시해주고, 내가 억지로 그때로 돌아가고 싶은 게 아니라 어릴 적 동네가 따뜻한 기억으로 남아 항상 돌아가고 싶은 것처럼 아련함으로 나를 그 따뜻했던 사람으로 끌어주니까요. 억지로가 아니라 따뜻했던 기억을 다시 느끼고 싶게 해서요.

우리의 삶을 되돌아보면 따뜻하고 여유로웠던 언젠가가 있을 겁니다. 그 때를 되돌아보고 그 때의 따뜻함을 다시 떠올려보세요. 주변 사람들과 관계를 맺으며 행복했던 기억들을 말이죠. 그리고 자기가 돌아가고 싶던 그 때를 항상 마음한 구석에 간직 하는 것은 어떨까요?

잘 거절하는 건 서로를 위한 것

제가 아는 사람 중에 거절을 정말로 잘하는 형이 있습니다. 그 형은 핑계를 대거나 제 눈치를 보면서 억지로 승낙하지 않고, 싫으면 싫다고 하고 시간이 안 되면 안 된다고 잘라 말합니다. 딱히 미안한 기색이나 상대방의 기분을 맞춰주려 안 될 수밖에 없는 이유를 말하지도 않습니다. 정말로 그냥 해 줄 수 있지만, 마음이 내키지 않는다면, 솔직히 마음이 내키지 않는다고 이야기를 하고 거절합니다.

처음에는 그런 모습들을 보면서 섭섭한 마음이 컸습니다. 시간이 되면 좀 도와줄 수도 있지, 그냥 생각도 별로 안 하고 싫다고 해버리네. 내가 싫어서 그러나? 라는 생각들이 들었죠. 그 당시 저는 다른 사람의 부탁은 무리해서라도 되도록 들어주려고 애를 쓰고 다른 사람들의 눈에 들고 싶어 노력하던 때였으니까요. 그 형의 모습들을 절대로 이해할 수 없었습니다.

친해진 후에도 그러한 모습들은 계속되었고, 내가 싫어서 저러는 건지 다른 이유가 있는 것인지 온갖 생각을 했습니다. 하지만 평소 친하게 지내던 형이라 딱히 내가 싫어서 그런 건 아닌 것 같았죠.

그렇게 알고 지낸 시간이 길어지면서 깨닫게 되었습니다. '이 형은 그 부탁한 일이 정말로 '그냥 싫어서 싫다고 한 거구나. 정말로 시간이 안 되어서 안 된다고 한거구나.'라는 걸 말이죠. 그리고 그 이면에 제가 싫다 던지, 아니면 다른 속마음이 있는 것이 아니라 정말 그 부탁이 가능하냐 불가능하냐를 가지고 대답하는 것이라는 것을 알게 되었습니다. 그리고는 저런 사람도 있다며 신기해했던 기억이 있습니다.

그런데 그것을 알고 난 후 그 형을 대하는 것이 오히려 편해졌습니다. 그리고 그 사람에게 뭔가를 부탁하는 것도 편해졌죠. 다른 사람에게 부탁할 때는 내 부탁을 들어주기 싫거나 시간이 안 되는데 제 눈치를 보면서 무리해서 들어주는 건 아닌지 오히려 제가 생각이 더 많아지고 눈치를 보는 경우가 많았는데, 이 형에게는 도움을 청했을 때 그 형이 되면 들어주고 상황이 안 되면 솔직하게 안 된다거나 싫다고 표현을 했으니까요. 그리고 그 표현에 다른 속마음이 투영된 것이 아니라 있는 그대로를 말하고 있다는 것을 알게 되었으니까요. 이 형은 자기 상황이 안 되면 안 된다고 말하는 형이기 때문에 어떤 것을 부탁할 때도, 같이 있을 때도 눈치를 볼 필요가 없었습니다. 어차피 제가 눈치 안 봐도 싫으면 싫다고 하는 사람이니까요. 그냥 있는 대로 받아들이면 되니 상대의 속마음을 스캔하는 데 쓰는 쓸데없는 에너지 낭비를 하지 않아도 되었습니다.

어떨 땐 제 부탁을 모두 들어주려고 애쓰는 사람과 함께 있는 것보다 이 사람과 같이 있으면 마음이 편했죠. 저도 많이 해봐서 알지만, 누군가의 부탁을 들어주려고만 하면 자연스럽게 상대에게도 어느 정도 멋대로 기대를 하게 되고 그 기대에 미치지 못하면 내가 무시당하는 것 같아서 화가 나기도 하고, 그것이 쌓이다가 한 번에 터지기도 하니까요. 그래서 무조건 내 부탁을 들어주는 사람보다는 솔직하게 거절하는 사람이 함께 있을 때 더 편한 것 같습니다.

이처럼 우리가 잘 거절 하는 것은 단지 나만을 지키기 위한 이기적인 것이 아닙니다. 어찌 보면 서로의 속마음을 파악하는데 괜히 들여야만 하는 불필요한 에너지 소모를 하지 않게 하니 오히려 서로를 위한 것으로 생각할 수도 있을 겁니다. 물론 처음에는 제가 그 형을 오해했듯이 오해하는 사람들도 많을 겁니다. 쟤는 뭐 저렇게 거절을 하지? 내가 싫은 건가? 하고 말이죠. 하지만 그것이 딱히 상대가 싫어서라기보다 자신의 감정을 솔직히 표현한 것이라는 것을 사람들이 알게 된다면 사람들은 오히려 더 편하게 느끼고 다가올 수 있을 겁니다.

거기에 한 가지 더하자면 잘 거절하는 스킬정도가 되겠네요. 너무 쌩으로 거절하면 상대는 상처를 받고, 나의 진심을 알아볼 시간도 없이 그냥 제게서 멀어지는 길을 택할 수도 있으니까요. 거절은 하되, 나의 상황을 한번 이야기해 주는 것은 어떨까요? 내가 어제 당직을 서서 오늘 놀러 가는데 함께 못 갈 것 같아.. 라는 식으로 말이죠. 그리고 이런 경우 지나치게 미안해할 필요는 없는 것 같아요. 어차피 부탁을 들어주고 말고는 저의 선택에 달린 것이니까요. 오히려 내 상황이 안 되는 건데 상대에게 너무 미안해하는 건 이상하고, 상대도 부담스럽게 느낄 수 있기 때문이죠. 갑자기 어디 같이 가자고 부탁을 받았는데 제가 너무 피곤한 것이 제 잘못은 아니 잖아요. 그래서 거절할 때도 자기만의 스킬이 필요한 것 같습니다. 부탁을 들어주지 못하는 내가 비굴해지지 않으면서 상대가 상처받거나 오해하지 않도록 말이죠.

　누군가는 말씀 하실지도 모르겠네요. '호구'가 되라며!! 그러면 다른 사람들 부탁 다 들어줘야 하는 것 아냐? 하고 말이죠. 항상 말씀드리죠. 그냥 '호구'가 아니라 '영리한 호구'라고 말이죠. 자신을 깎아 먹으면서 이용당하는 그냥 '호구'는 세상을 따뜻하게 할 수 없어요. 자존감은 점점 깎여가고, 속으로는 멍이 들면서 예민해지고 다른 사람들에 대한 불신이 쌓이고 다른 이들이 자기를 무시한다는 피해의식까지 생길 수 있으니까요. 그래서 제가 말하는 호구는 다른 이들을 따뜻하게 끌어당기지만, 자신의 자존감은 깎지 않는.. 다른 이들에게 뭔가를 꼭 해주지 않지만 다른 이들이 그저 곁에서 알아서 힘을 얻고 가게 하는 호구이죠. 그래서 어려운 겁니다. 한 사람 한 사람마다 그것에 도달할 수 있는 길이 다를 테니까요. 너무 조급하게 생각하지는 마세요. 그저 하루하루씩 내가 뭘 잘하고 있고, 뭘 좀 고치면 좋을지를 생각하면서 나아가다 보면 언젠가 '영리한 호구'가는 길로 향하고 있을 테니까요.

제3장
세상을 돌보기

따뜻함이라는 능력

마지막 장을 열면서 제가 글들을 쓰는 이유가 무엇인지, 제가 이 책을 통해서 뭘 말씀드리고 싶은지를 이야기해두는 것이 좋을 것 같네요. 제가 이 글들을 통해서 말씀드리고 싶은 것은 '따뜻한 마음'을 가지고 있다는 것, 그리고 사람들과 공감하고, 사람들을 끄는 묘한 매력이 있으며 사람들로 하여금 편안함을 느끼며 주변에 있고 싶게 만드는 것, 이것이 '능력'이라는 겁니다.

우리가 능력 있는 사람을 떠올릴 때 어떤 사람이 떠오르나요? 멋진 정장을 입고 유명한 사람들을 만나며 돈도 많고 기술이 있는 사람 맞나요? 사람 좋게 너털웃음을 지으며 사람들에게 따뜻한 미소를 띠고 있고, 사람들에게 늘 둘러싸여 있는 사람은 어때요? 사람 좋게 웃는 그 사람을 우리는 능력 있는 사람이라고 생각하지 않아요. 그냥 말 그대로 성격이 원만한 사람 정도로 생각하거나 심지어 어딘가 모자라서 실수할 것 같은 사람, 그리고 호구라고 생각하는 사람도 있을 겁니다.

우리는 기술을 가지고 돈이 많은 사람을 볼 때 부러워하고 질투도 하지만 허허 웃으면서 사람들에 둘러싸여 사랑을 하고 사랑받는 그 사람들을 부러워하거나 질투하지 않아요. 이러한 모습들로 미루어 보아 우리는 그러한 따뜻함을 능력으로 보지 않아요. 그 사람이 나보다 더 따뜻해서 사람들을 끄는 것을 나보다 능력 있다고 생각하지 않으니까 부러워하지 않는 거죠. 그리고 심지어 그런 마음 따뜻한 사람조차도 그것이 자신의 엄청난 능력이라는 것을 깨닫지 못하고 있어요. 오히려 자기는 가진 능력이 없다며 자책하거나 자신의 자존감을 깎아 먹고 있지요.

하지만 저는 확실히 말할 수 있습니다. 따뜻한 마음을 가진 사람은 또 하나의 '능력'을 지닌 사람들입니다. 특히 지금의 세상에서는 말이죠. 사람들은 자신의 능력을 키우려고 영어를 공부하고 컴퓨터를 공부하며 악기를 공부합니다. 하지만 다른 사람을 공감해주려는 능력을 키우려는 노력은 하지 않죠. 하지만 현대의 사람들은 위로를 필요로 합니다. 딱히 답을 주지는 못하더라도 나의 상황을 들어주고, 공감해 줄 수 있는 사람, 나의 고민을 이야기할 때 나를 가르치려 들지 않고 그저 공감하며 들어주는 사람을 필요로 해요.

저도 이런 생각을 한 지는 별로 안 되었습니다. 제가 인스타를 시작하면서 사람들에게 위로를 주고 싶다고 생각했고, 전문적인 기술이 없는 제가 할 수 있는 것은 상담도 아니고 그저 위로라는 생각이 들었죠. 그래서 저의 경험을 풀어서 사람들에게 나누어 주었어요. 그런데 사람들은 제 글을 엄청나게 좋아해 주시더라고요. 인스타를 하면서 저의 추측은 확신이 되었습니다. 위로라는 콘셉트는 저조차도 보도 듣지도 못한 것이었으니까요. 그리고 저 또한 그게 무슨 능력이 되냐고 생각했죠. 그리고 사람들이 필요로 하겠냐고요.

하지만 사람들은 시간이 갈수록, 기술이 발전할수록 인간적인 따뜻함을 더 갈망한다는 것을 생각하게 되었습니다. 제가 인스타를 하면서 올렸던 감사의 손 편지를 보고 정말 많은 분들이 위로를 받았다고 말씀해 주셨거든요. 다들 손 편지는 정말 오랜만이라며 좋아해 주셨지요. 그래요. 기술이 발전하고 언택트로 나아갈수록 사람들은 인간적임에 대한 목마름이 커져요. 그리고 그 인간적인 것의 최고봉이 따뜻한 마음, 그리고 공감해주는 마음, 다른 이를 품어주는 마음이죠. 이건 기계들이 해 줄 수 없는 영역이니까요.

나는 돈도 없고 능력도 없는데 사람들이 자꾸 나에게 오거나 의지한다는 것은 내가 따뜻하고 편안한 능력을 가진 사람이라고 생각해 주면 좋겠습니다. 그런 이득을 바랄 수 없는 사람에 대한 끌림은 진심이니까요. 사람들이 공감, 그리고 따뜻한 마음이라는 능력을 좀 더 개발하려고 노력한다면 자신의 가치를 올리면서 또한 이 사회를 밝고 따뜻하게 만들어 줄 수 있는 계기가 될 겁니다.

그러니까요 따뜻한 마음을 가진 여러분, 나는 능력이 없다며 생각하며 풀죽지 마세요. 사람들이 당신께 다가가거나 스스럼없이 자신의 치부나 실수 등을 오픈한다면 그건 겸손하게 생각하지 말고 '나는 따뜻한 마음이라는 능력을 가진 능력자구나!!'라는 생각을 하고 조금 더 자신 있게 행동하면 좋겠어요. 그리고 자존감도 좀 키우고요.

그래서 제 글에서 요점은 따뜻한 사람이라는 것이 능력임을 깨닫고 마음 따뜻한 사람이 되자는 겁니다. 그리고 그러한 능력을 가진 자신을 좀 더 사랑하고, 자신감을 가지며 자존감을 높이세요. 당신은 충분히 대단한 능력자이니까요!! 우리가 이 능력에 대한 자부심을 드러내야 다른 사람들도 이것이 능력이라는 것을 깨닫고 서로 개발하겠다고 나설 겁니다. 그리고 결과적으로 조금 더 따뜻한 세상이 되겠죠. 그러니까 이 책을 읽고 있는 따뜻함 마음을 지닌 당신,딴 사람 생각하지 마요 바로 당신을 말하는 거니까!!

당신은 정말로 대단한 분이라고요~!! 이 책으로 함께하며 저를 행복하게 만들어 주는 여러분은 정말로 다들 마음이 따뜻하신 분들입니다. 그러니까 자신감을 가지세요. 그리고 그 능력을 키우세요. 사람들은 점점 더 그것을 필요로 할 테니까요. 배워 나가고, 사람들에게 그러한 것들을 베풀게 되면 우리 사회는 좀 더 따뜻하고 살맛나는 세상으로 바뀌어 갈 겁니다. 그럼 오늘도 좀 더 따뜻하게 다른 사람들을 품어주고 보듬어 줄 수 있는 우리가 되길 그래서 이 사회가 좀 더 따뜻해지게 되길 바랍니다.

손해 보는 일은 손해 보는 일이 아니다

요즘 유튜브를 보면 정말로 다양한 영상들이 있습니다. 하루는 영상들을 보다가 고전게임을 하는 유튜버의 영상을 보았고, 그중에 '프린세스 메이커2'의 영상이 옛 추억을 생각나게 했습니다. 당시엔 굉장히 획기적인 게임이었다고 생각했습니다. 내가 누군가를 키워낸다는 것과 한 아이가 자라는데 엄청나게 다양한 변수가 있었으니까요.

그 게임에는 다양한 '수치'가 존재합니다. 흔한 게임에서의 체력이나 마력, 지력 같은 수치에서 도덕, 기품이나 매력 같은 수치까지 정말로 다양한 능력치들이 '수치'로 평가되고 있었죠. 게다가 그런 종류의 능력들은 어떤 일을 하면 늘고 어떤 일을 하면 줄어드는지 몇 번 하면 알기 때문에 수치만을 키우기에는 그렇게 어렵지 않았습니다.

하지만 정말로 잘 키웠다고 혼자 뿌듯해하면서 게임에서의 엔딩을 마주할 때 실망한 적이 꽤 있습니다. 수치상으로는 능력치들이 꽤 높은데 별로 성공적(?)이라 할 수 없는 엔딩을 보게 되어서 말이죠. 왜 그런 결과들이 나왔을까요? 왜 기품은 그렇게 높은데 왕자와 결혼하지 못하고 왜 똑같이 키우는데 어떨 때는 애가 쉽게 화내고 불량해지는지.

나중에 생각해 보니 그 게임 안에는 '수치'로 표현되지 않는 많은 '능력'들이 있었던 것이 아닐까 생각합니다. 기품이 아무리 높아도 왕자와 만나거나 관계를 맺지 않는다면 당연히 이어질 수 없겠죠. 그리고 생일에 따른 별자리도 알게 모르게 영향을 주는 것 같고요. 이런 것들은 게임 프로그램 안에서는 수치로 계산되고 있겠지만 그 게임을 살아가는(?) 우리에게는 공개되지 않는 능력치이고, 이것이 한 아이의 삶에 그리고 큰 영향을 미치게 되는 것입니다.

우리의 삶도 비슷하지 않을까요?

우리는 흔히들 능력 있는 사람들을 우러러봅니다. 피아노를 잘 치거나 공부를 잘하거나, 남들 앞에서 스피치를 멋지게 한다거나 컴퓨터를 능숙하게 다루거나, 그림을 잘 그리거나. 정말로 많은 능력이 있습니다. 그것들에는 한 가지 공통점이 있습니다. 바로 겉으로 보이는 것들이라는 것이죠. 이런 능력들은 어찌 보면 이 세계를 살아가는 우리가 눈치챌 수 있는 '수치'로 이루어진 '능력치'라고 할 수 있습니다. 보면 알 수 있잖아요. 누가 잘하는지 얼마나 잘하는지 말이죠.

하지만 프린세스메이커의 세계가 그러하듯 우리의 세계도 눈에 보이는 수치만으로 삶이 정해지는 것은 아닌 것 같습니다. 돈이 정말로 많지만, 공부를 정말로 잘하지만, 그림을 정말로 잘 그리지만 불행하거나 사람들에게 외면받는 사람들이 있으니까 말이죠. 반면에 돈은 별로 없지만, 별다른 능력이 없지만, 사람들에게 사랑받고 또한 자신의 삶에 만족하는 행복한 삶을 사는 사람도 있습니다. 이런 걸로 봐서도 눈에 보이는 능력치가 다는 아니라고 생각할 수 있죠. 이 세상을 살아가는 우리 눈에는 보이지 않지만 어딘가에 착실히 계산되고 있는 '수치'들이 있다고 생각할 수 있습니다.

그래서 우리는 우리가 손해 보는 일이라도, 누군가가 우리를 '호구'로 보게 될 만큼 다른 사람들이 '바보 같다'고 평가하는 일들도 자신 있게 할 수 있는 것이라 생각합니다. 우리가 누군가를 위해 하는 바보 같은 짓이, 다른 사람들의 눈에는 우리의 능력치와 평가를 깎아 먹는 것으로 보일지라도, 나의 삶에 관여하는 어떤 능력치에는 분명 작용을 하거든요. 심지어 내가 기껏 손해 보는 일을 했는데 아무도 알아주지 않는다고 언짢을 때도 말이죠.

그러니까 누군가를 위해 내가 손해 보는 일을 할 때 아무도 알아주지 않는다고 해서 슬퍼하거나 언짢아하지 마세요. 그렇다고 우리가 했던 그 일이 없어지는 건 아니니까요. 나의 선행은 차곡차곡 쌓여서 나를 변화시키고 또 내 주위에서 나를 바라보는 눈빛을 변화시킵니다. '저 사람은 분명 별 능력은 없는데 미워할 수가 없어.'라는 식으로 말이죠. 그리고 내가 한 선행을 아무도 알아주지 않는다면 오히려 기뻐하세요. 지금 누군가가 알아주면 하나의 선행으로 미미하게 남지만 내가 한 많은 일들이 드러나지 않다가 한 가지 사건이 드러나게 되면 그 이전에 깔려있던 선행들이 줄줄이 사람들에게 드러나면서 더 큰 임팩트를 가져올 수 있으니까 말이죠. 테트리스를 할 때 한 줄씩 없애면 점수가 높지 않지만 쌓아 놨다가 터뜨리면 콤보가 터져 점수가 훨씬 높은 것처럼 말이죠.

　그러니까요 우리, 남들을 위해 조금 손해 보는 '호구'가 되더라도 억울해 하는 것이 아니라 당당해 지면 좋겠어요. 이것이 분명 나에게 득이 되어 돌아올 거라는 믿음을 가지고 말이죠. 남에게 잘 보이기 위해서, 다른 사람이 나를 떠나지 않게 매달리기 위해서 선행을 하는 것이 아니라 내 마음이 내켜서 내가 주도적으로 하는 선행 말입니다. 그렇게 자신 있는 '호구'의 모습으로 살아가는 우리가 되면 좋겠습니다.

어리숙하다

어리숙하다. 이 단어는 겉모습이나 언행이 치밀하지 못하여 순진하고 어리석은 데가 있다는 뜻입니다. 쉽게 말해서 뭔가 사람이 완벽하지 못하고 비어 보인다는 것이죠. 우리는 흔히 완벽한 사람이 되어야만 한다고 생각합니다. 완벽한 사람이 되어야 다른 사람들이 나를 존중해 줄 것이고 그리고 나를 무시하지 않을 것으로 생각하면서 말이죠. 정말요? 내가 완벽하고 빈틈이 없으면 다들 나를 존중해주고 좋아해 줄까요? 살면서 제가 얻은 대답은 '그렇지 않다!!'입니다.

완벽한 누군가와 함께 일한다고 생각해볼까요? 그 사람에 의해서 일은 잘 풀려나갈 수 있을 겁니다. 빈틈없이 일을 계획하고 추진력 있게 실행해 나간다는 것만으로 나는 그 사람을 좋아할 수 있을까요? 당연히 존경할 수 있죠. 그런데 좋아할 수 있을까요?

존경받는 것과 사랑받는 것은 다릅니다. 존경받는다는 것은 기본적으로 그 사람과 나 사이의 간격을 전제로 하는 것이고 그렇기 때문에 나와 친한 사람이 아닌, 저 멀리 보기 좋지만 가까워질 수 없는 존재에게 느끼는 감정이죠. 사람들에게 완벽한 사람이란 그런 사람일 겁니다. 존경하고 본받고 싶지만, 사랑한다고 말하기엔 조금 애매한 사람이죠. 동경의 대상은 될 수 있지만 가까이하려는 마음을 품지 않는 사람.

물론 우리가 맡은 일을 잘 그리고 성실하게 수행하는 것은 기본 중에 기본이라 할 수 있습니다. 하지만 그것만 가지고는 사람들을 끌어당길 수 없어요. 일을 잘하지만 가끔은 나의 어수룩한 모습을 보일 필요가 있다는 것이죠. 나의 작은 실수들을 보여주면서 나도 너와 같이 사소한 것에 실수하는 사람이라는 것을 보여주면, 나를 동경하던 그 사람은 나와의 간극을 좁히게 되고 저 사람이 천상에 머무르는 존재가 아니라 나와 같은 인간계 사람이라고 느끼고는 그전보다 훨씬 친근하게 다가올 겁니다.

사람들은 생각보다 샘이 많습니다. 질투가 많죠. 자기보다 잘난 사람을 필요로 하지만 좋아하지는 않습니다. 그런데 내가 완벽한 모습만을 보여준 채 한 점 흐트러짐 없이 살아간다면 사람들을 다가오지 않아요. 사람들이 나에게 오게 하려면 나의 작은 실수들을 일부러라도 보여 주는 것도 필요하죠. 정말로 완벽할 것 같은 연예인들이 사소한 실수를 하는 모습을 보여주었을 때 허당이라며 우리는 더 친근하게 느끼게 되니까요. 이 정도까지는 너희가 보고 놀려도 좋다며 일부러 내어주는 것이죠.

자기가 예상하는 공격에는 그렇게 상처받지 않습니다. 그러니까 이 정도만 물라고 내어주는 겁니다. 물론 다시 말하지만, 이것은 기본적으로 맡은 일을 성실히 수행한다는 전제조건이 있어야 해요. 성실하지도 않은데 실수만 한다면 사람들은 그냥 일 못하는 사람이라고 생각하고 그냥 무시할 테니까요.

저는 고등학교 때 공부를 잘하는 편이었습니다. 그때도 전교에서 몇 등 한다고 하면 사람들은 일단 경계를 해요. 자기보다 성적이 좋은 사람을 대할 때 은근히 두는 거리감이 있거든요. 그런데 학생 때 저는 사람들을 좋아하고 사람들이 저를 좋아해 주면 좋겠다는 신념으로 살았기 때문에 어떻게 하면 사람들이 나에게 다가올지를 무의식적으로 생각하고 깨달았던 것 같습니다. 바로 나의 빈 모습을 보여주는 것이었죠.

내가 사소한 실수를 하면 친구들은 그것으로 나에게 동질감을 느꼈고, 더 스스럼없이 제게 다가왔습니다. 그걸 느끼고 난 후부터는 일부러라도 사소한 실수를 하여 사람들에게 보여주었죠. 그러면 다들 무장해제를 하고 나에게 장난을 치며 다가왔죠. 물론 부작용은 있습니다. 처음에는 내가 '만든' 어수룩함이었다면, 지금은 이것을 너무 자주 오래 하다 보니 '정말'로 바보가 되어 버리는 경우가 있다는 것이죠. 지금의 제가 그렇듯이요.

항상 중요한 건 중도를 지키는 것입니다. 나에게 맡겨진 일은 성실하게 해내면서도 사소한 것에 실수하는 모습을 보여주는 것처럼 말입니다. 이건 정말로 어려운 일이에요. 실패도 많이 하며 나의 적정선을 찾아야 하죠. 그렇게 우리의 완벽함을 감추고 나의 어리숙함을 조금 드러내 준다면 사람들을 당신을 친근하고 편안하게 생각할 것이고 조금씩 마음을 열고 우리에게 한 걸음씩 다가올 것이다. 그렇게 우리는 많은 사람들과 관계를 맺으며 함께 영리한 호구의 길로 나아갈 수 있을 겁니다.

따뜻한 사람

10년 동안 몸담아왔던 수도원을 떠나서 새로운 방향으로 나아가기 시작했던 날이었습니다. 헤어지기 전에 송별회를 위해 모두가 모여 떠나는 사람에 대해서 한 마디씩 해주는 시간이 있었죠. 다들 돌아가면서 한마디씩 하는데 저를 두고 하는 표현들이 마음에 들어왔습니다. '따뜻한 사람, 인간의 정을 느끼게 해준 사람, 함께 있고 싶은 사람, 부담 없는 사람..' 제가 정말로 듣고 싶어 하던 말들이었어요. 그리고 그렇게 제게 표현을 해준 그들이 너무 고마웠죠.

그런데 한 가지 아쉬운 것이 있었습니다. 이 형제들은 저를 따뜻한 사람이라고, 정이 많은 사람이라고 말을 해주면서도 자신들이 얼마나 정이 많고 사랑 넘치는지에 대해서는 모르는 것 같았거든요. 우리가 사람들의 마음을 사고자 할 때 내가 그를 사랑하는 것만으로는 충분하지 않고 그가'

내가 사랑한다는 것'을 느끼게 해 주어야 한다고 수도회의 요한 보스코 성인은 말씀하셨어요.

내가 사랑한다는 것을 상대가 알게 하려면 어떻게 해야 할까요? 일단 사랑을 하게 되면 바라보는 눈빛부터, 그리고 말투, 그리고 표정을 통해서 상대는 느끼게 되죠. '아..이 사람은 나를 좋아해 주는구나.' 이런 것들은 사람들이 본능적으로 느끼는 것이니까요. 이 형제들이 나를 표현하는 또한 가지는 '밥이 되어주는 사람'이었습니다. 한마디로 호구라는 이야기에요. 하지만 그냥 호구가 아니라 사람들의 장난을 여유롭게 받아주는 사람이라는 것이죠.

그런데 저에 대한 평가가 과연 제 인간성이 좋아서만 그렇게 나타난 걸까요? 저는 아니라고 생각합니다. 제가 분명히 사람들을 좋아하긴 했고, 그래서 그들이 제 말투와 표정에서 그걸 느끼고 저를 따뜻한 사람이라 표현할 수 있지만, 저는 그 사람들에게서 똑같은 사랑을 느꼈기 때문에 사람들이 제게 장난을 쳐도 행복하게 생각할 수 있었어요. 만약에 저를 놀리는 그들의 표정이 악의에 가득 차 있거나 비꼬는 말투였다면 저는 절대로 쉽게 받아들이지 못했을 것이니까요.

결국 저를 따뜻한 사람으로 만든 것은 제 인격적 성숙이나 타고난 기질이 아니라 그 형제들이었습니다. 제가 먼저 주었을지도 모르는 사랑에 한껏 반응하여 저에게 그 사랑을 돌려준 그들이 있었기에, 나를 좋아해 주고 사랑한다는 눈빛과 표정으로 애정 어린 장난을 쳐주는 그들이 있었기에 제가 따뜻한 이미지로 남을 수 있었던 것이죠. 그래서 우리는 모두 따뜻한 사람입니다. 특히나 자기가 누군가를 바라보며 '아..저 사람은 정말로 따뜻한 사람이구나..'라고 느끼고 있다면 말이죠.

그래서 저는 말했습니다. "자기가 어떻게 사람들에게 사랑한다는 것을 눈빛으로 말투로 표정으로 드러낼 수 있을 것인가가 궁금하다면, 여러분이 '내가 영민이형을 바라볼 때 어떤 눈빛으로 봤고, 어떤 표정을 지었으며 어떤 말투로 말을 했었는지'를 생각해 보라."고 말이에요. 저는 그 말투와 표정에서 그들의 사랑을 느꼈으니까요.

세상에 따뜻한 사람은 정말로 많습니다. 다만 그것을 표현을 못 할 뿐이고, 또 자기가 따뜻하다는 것을 모르는 사람들이 있을 뿐이죠. 내가 누군가를 사랑해 봤다면, 그때 나의 눈빛을 떠올려보세요. 그리고 다른 이들에게 해주세요. 우리 모두는 정말로 따뜻한 사람들이에요. 인스타나 브런치에서 모두가 눌러주는 좋아요와 정성스럽게 달아주는 답글이 제게 큰 위로가 되고 용기를 주고, 이 책을 통해서 만나고 있는 독자 여러분들도 제게 큰 힘이 되어 주시니까요. 그러니까 여러분은 모두 따뜻한 사람입니다. 아니라고 생각하지 마시고 인정하세요. 그리고 그 부분들을 키워가세요.

항상 말하지만, 지금은 따뜻한 사람, 그리고 곁에 있으며 쉬고 싶은 사람들이 이 사회에 필요합니다. 그리고 이러한 사람들은 생각보다 많아요, 다만 자기들이 깨닫지 못할 뿐이지. 그러니까 모두들 나는 아니라고 생각하지 마시고 '나는 따뜻한 사람이다.'라고 생각해 보세요. 이건 팩트니까요~!! 그럼 다들 자신이 따뜻한 마음을 지닌 사람이라는 것을 깨닫고 그걸 키워나가는 따뜻한 하루하루가 되시면 좋겠습니다.

내 마음의 보습제

요즘 들어 병원에서 당직을 서느라 당직실에서 자고 일어나면 목이 아픕니다. 겨울이라 건조한 데 히터 바람까지 나오니 공기에 수분이라고는 찾아볼 수 없는 극 건조한 환경이 조성되어 있죠. 잠을 자고 일어나면 제 몸의 수분이 모두 증발되어 버린 느낌에 살기 위해 생수를 벌컥벌컥 들이켜고 다시 잠을 청합니다. 겨울이 되면서 온 세상이 건조해지면서 우리의 피부도 건조해지고 그래서 또 가려워져요. 각질도 일어나고요. 우리 몸의 수분을 건조한 환경에 빼앗기기 때문이 아닐까요? 그래서 우리는 덜 고통스럽기 위해 그리고 젊음(?)을 유지하기 위해 수분 크림 같은 보습제를 바릅니다. 그리고 물을 많이 마시기도 하고 수영장이나 아쿠아리움 같은 수분기 가득한 곳을 찾기도 하죠. 코로나만 아니었으면 따뜻한 목욕탕도 생각나고, 근본적으로 물을 많이 마셔서 제 안의 수분을 채우는 방법도 있지요.

　요즘 세상을 둘러보면 참으로 건조한 이야기들이 많이 들려옵니다. 인스타나 유튜브의 많은 영상과 광고들은 돈을 많이 버는 기술과 방법을 가르쳐 준다는 이야기들이 대부분이고, 많은 글을 보더라도 이기적으로 살아야 편하게 살 수 있다는 이야기들이 쏟아져 나오죠. 이런 사회에서 희생, 봉사, 따뜻함, 배려라는 가치들은 어찌 보면 '이상'적인, 뭔가 현실과는 동떨어진 가치라고, 그런 가치도 있기는 하지만 내가 하면 손해 보는 것 같은 가치가 되어 버린 것 같습니다. 반면에 돈, 이기적인, 기술 등의 가치들은 '현실'적인 것으로 평가하면서 모두가 그쪽으로 향하는 흐름을 만들고 있죠. 우리는 새로운 기술이 나오면 먼저 어떻게 투자를 해야 돈을 벌 수 있을지, 이런 세상에서는 어떤 식으로 돈을 벌 수 있을지에 집중할 뿐 이런 기술들이 어떻게 사람들 간의 교류를 촉진 시키고 인간다움과 따뜻함을 전할 수 있을지에 대해서 생각하지는 않습니다. 이건 다른 사람의 이야기가 아니라 제 이야기이기도 합니다.

　이런 세상을 살아가면 우리는 건조해집니다. 우리 하나하나의 부족함으로 건조해지는 것이 아니라 히터를 틀어 수분기라고는 1도 없는 당직실의 공기처럼 세상은 수분기가 없다 못해 조금 있는 우리의 수분기마저 빼앗아 가는 것이죠. 우리가 건조해지고, 따뜻함을 잃어가는 건 우리 자신의 부족함보다도 우리가 사는 세상이 점점 건조해지는 탓도 있다고 생각합니다. 하지만 70%가 수분으로 이루어진 우리의 몸처럼 우리의 마음도 언제나 촉촉하고 따뜻함을 갈망합니다. 그래서 당직실에서 살기위해 자다가도 생수를 찾듯이, 각박한 세상에서 나의 수분을 지키기 위해 한 번씩 사람들의 미담을 찾기도 하고 마음이 맞는 친구를 만나 나의 마음을 따뜻하게 채우기도 합니다.

이런 건조한 세상에서 살아가는데, 우리는 건조한 세상 탓만 하면서 같이 말라만 갈 건가요? 우리는 우리의 보습을 위해 아까 말했듯이 여러 가지 방법을 씁니다. 수분크림을 바르고 아쿠아리움에 가고 물을 많이 마십니다. 우리 마음의 보습을 위해서도 비슷하지 않을까요? 일단 따뜻한 글이나 이야기들을 읽거나 영화, 영상 등을 통해서 우리 마음에 수분크림을 바를 수 있습니다. 너무나 건조한 내 마음 때문에 힘들 때 이런 이야기들을 통해 나의 마음을 울리고 가끔 따뜻한 눈물을 흘리고 나면 조금은 촉촉해진 나를 느끼잖아요. 하지만 이건 그렇게 오래가지는 않는 것 같습니다. 수분크림도 바르고 시간이 지나면 마르듯이요.

그리고 또 하나 친한 친구와의 마음을 나누는 시간입니다. 아무리 세상이 각박해져도 나와 마음이 맞는 사람과의 만남은 항상 즐겁고 따뜻합니다. 그리고 오랜 친구는 아니더라도 주변에 마음이 따뜻한 사람과 함께 시간을 보내는 것도 한 방법이지요. 이건 어떻게 보면 수분 가득한 아쿠아리움에서 나의 수분을 보충하는 거라고 볼 수 있지요. 나를 잠시나마 그 촉촉한 공간에 두는 것이니까요. 사람들과의 관계에서 보충한 수분은 영상이나 이야기보다는 좀 더 오래 나를 촉촉하게 해줄 겁니다. 하지만 이것도 한계는 있겠죠.

결국 우리가 궁극적으로 촉촉하게 살아가려면 우리의 몸을 수분으로 채우듯, 나 자신이 물에 적신 수건이 되어 보는 건 어떨까라는 생각을 합니다. 물론 나 하나로는 택도 없습니다. 몇 평 되지도 않는 당직실에 물에 적신 수건 한 장은 1시간 만에 바짝 말린 북어가 되어 버릴 뿐이겠죠. 하지만 물에 젖은 수건이 100장이 걸린다면, 수분이 차고도 넘쳐 물에 젖은 수건들이 마르지 않는 촉촉한 환경이 되지 않을까요?

결국 이건 나 혼자는 할 수 없는 일입니다. 하지만 내가 젖어 있는 걸 본 다른 사람들이 와서 내 수분을 나누어가서 자신을 적시고 또 그 사람들이 다른 사람을 촉촉하게 해주면서 그 수분을 널리 퍼뜨린다면 언젠가는 아무도 메마르지 않는 열대우림이 되어 있지 않을까 생각합니다.

항상 말씀드리지만 저는 그 젖은 수건이 될 수 없습니다. 저도 엄청 메마른 사람이니까요. 다만 저는 제 영상을 보고 공감해 주시는 여러분한테서 수분기를 조금씩 나누어 받는 것 같습니다. 많은 분이 제 글과 유튜브 영상을 보시면서 따뜻하고 위로가 된다고 말씀해 주시지만 정작 제게 또 따뜻함과 위로를 주시는 건 제 부족한 글을 읽고도 위로가 된다고 공감이 된다고 말해주시는 여러분이라고 생각합니다. 그렇게 생각하면 우리의 관계가 서로의 수분을 나누는 젖은 수건이지 않을까요?

아직은 우리의 물기가 세상을 적시기에는 택도 없이 부족하지만, 우리가 수분을 나누어주고 또 우리에게 수분을 나누어주는 사람들을 하나씩 늘려가다 보면 세상이 서서히 건조해 졌듯이 또 서서히 따뜻하고 촉촉하게 변해갈 수 있지 않을까요? 뭐든지 시작이 중요한 거니까요. 이미 따뜻함으로 무장한 분들이 많지만, 그분들과 더불어 우리도 세상을 따뜻하고 촉촉하게 해주는 '시작점'이 되어보면 좋겠습니다. 여러분은 이미 따뜻한 마음을 가진 분들이니 제게 나누어 주신 공감과 따뜻함은 옆에 있는 사람들과도 나누면서 자신의 수분을 나누어 다른 젖은 수건을 만드는 영리한 호구들이 되면 좋겠습니다. 따뜻해지기 시작하는 세상의 출발점에 서 있는 우리가 되면 좋겠습니다.

의외의 모습 보여주기

앞서 계속 이야기한 영리한 호구는 어떤 사람일까요? 영리한 호구는 기본적으로는 호구여서 다른 사람들이 나를 경계하지 않고 내 주변에서 편하게 머무를 수 있게 품어 주는 사람이지만, 그냥 호구와 다른 점은 다른 사람에게 무시당하지 않는다는 데 있어요. 다른 사람에게 무시를 당하지 않는다는 것을 다시 말하면 다른 사람이 나를 막대해서 상처 입히게 두지 않는다는 것이죠.

이걸 위한 방법은 몇 가지가 있을 겁니다. 내가 정말로 그 사람 마음에 들어가게 된다면 그 사람은 나에게 미움 받고 멀어지지 않기 위해서 알아서 상처 주는 일들을 안 하게 될 겁니다. 나의 마음이 그 사람에게서 돌아선다는 것은 자기가 편히 다가가 쉴 수 있는 소중한 사람 한 명을 잃는다는 의미로 나의 희소성의 가치를 높이는 거죠. 요즘 그런 사람이 많이 없으니까요. 그래서 '나랑 멀어지면 너만 손해지 뭐.'라는 생각으로 쿨 해질 수 있죠. 다시 말해서 나는 호구이지만 관계에 있어서 갑의 입장이 될 수 있다는 겁니다.

그리고 무시당하지 않는 다른 방법의 하나는 자신이 잘하는 것을 한 가지 정도 만들어 놓는 겁니다. 이 경우 다른 사람들과의 교집합이 없으면 좋아요. 희귀하면 희귀할수록 주변에 그걸 나보다 잘하는 사람이 없을 테니까요. 사람들을 많이 만나다 보면 그 사람들은 모두들 나보다 잘하는 것이 있겠죠. 그때 나도 그 사람보다 잘하는 것이 있어야 한다는 이야기입니다. 그러면 다른 사람보다 완벽해야 한다는 이야기잖아!!라고 역정 내실 수도 있어요. 하지만 꼭 그렇지만은 않아요. 그래서 다른 사람들과 교집합이 없는 희귀한 것이 좋다는 겁니다.

악기를 예로 들어 볼까요? 피아노를 웬만큼 치는 사람이 있습니다. 하지만 피아노를 잘 치는 사람은 주변에 많지요. 당장 주변만 둘러봐도 피아노 학원이 깔렸고요. 그래서 웬만큼 잘 쳐서는 다른 사람이 나보다 피아노를 더 잘 칠 가능성이 높죠. 하지만 하프라면? 대학에 들어갈 때 하프는 워낙 비싸서 할 수 있는 사람이 없어서 악기만 있으면 대학 입학이 가능하다네요. 이런 하프를 할 수 있다면 그 하나의 능력만으로도 한국의 거의 대부분 사람보다 나은 점이 한 가지는 있는 거예요.

이게 꼭 하프처럼 비싸야 할 필요는 없습니다. 저는 그런 생각이 깔려 있어서 그런지는 모르겠지만 어릴 때부터 다른 사람들이 하지 않는 취미를 가지는 걸 좋아했어요. 예전에도 말한 적 있지만 프랑스 자수도 해보고요 인형도 만들어보고, VR도 샀네요. 그리고 해금을 배웠고, 이제 얼후도 배우고 있지요. 물론 그때그때 제가 좋아서 배우는 것들이긴 하지만 시간이 지나서 생각해 보니 이러한 능력(?)들이 제가 살아가는 데 있어서 큰 도움이 되었다고 생각하게 되었고, 이게 어떻게 도움이 되었는지를 정리하다 보니 이런 결론에 이르게 되었답니다.

뭔가 남들 다 하는 건 재미없잖아요. 조금은 다른 것에 눈을 돌려보세요. 꼭 돈이 드는 취미가 아니어도 좋아요. 요즘은 유튜브로도 얼마든지 다양한 취미를 시도해 볼 수 있으니까요. 전공자가 될 필요는 없어요. 어차피 그 취미가 잘 알려지지 않은 거라면 한국에서 내가 상위 몇% 안에 들게 되는 거니까요. 말을 하다 보니 너무 취미를 관계에서 '이용'하는 데에 집중되어 있는 것 같네요. 하지만 저는 취미들까지도 관계에 이용해야 한다는 말씀을 드리고 싶은 것이 아니라 남들이 볼 때 신기해하고 다른 사람들이 하지 않는 이런 활동들에 도전한다는 것을 시간 낭비라고 생각하지 말길 바라며 드리는 말씀이에요.

제가 이런 취미를 가질 때 '그런 걸 뭐하러 하나?'는 이야기를 많이 들었습니다. 하지만 이것들은 저의 능력이 되었고 지금의 저를 만드는데 큰 몫을 차지했다고 생각해요. 그러니까 도전해 보세요. 남들이 비웃을 것 같나요? 괜찮아요. 내가 하고 싶은데 남들이 비웃으면 좀 어때요. 우리가 어느 정도 레벨이 되면 비웃었던 사람들도 우리를 다르게 볼 테니까요.

남자가 곰인형을 만드는 것을 시작하는 것은 비웃음거리가 될지도 모르지만, 시간이 지나 다양한 인형을 만들어서 선물할 수 있다면 그건 자기 능력이 되는 거니까요. 이건 제 경험이에요. 처음 시작할 때는 다들 의아한 눈빛으로 쳐다봤지만, 지금은 인스타에서 이벤트로 걸린 제 토끼 인형을 기다리는 많은 분들이 계시니까요. 그러니까 자신을 가지고 취미 한두 가지 가지시는 것을 추천합니다. 그렇게 다양한 방법으로 다른 이들을 품어주는 호구이면서도 무시당하거나 상처 입지 않는 영리한 호구가 되어봅시다~!!

다른 사람을 변화시키려면

제가 살던 수도원은 청소년을 대상으로 교육하는 곳이었습니다. 그래서 여러 가지 교육에 관한 이야기들이 있었는데 그중에 마음에 와 닿았던 것은 "교육은 마음의 일이다."라는 말이었죠. 왜 하필 교육에 대한 방법론이나 스킬에 대한 이야기가 아니라 이런 뜬구름 잡는 이야기에 꽂혔을까요? 살아가면서 느꼈던 경험이 있었거든요.

우리는 흔히 교육한다고 이야기를 할 때 나쁜 것을 하지 못하게 하고, 내가 맞다고 생각하는 대로 상대가 행동하고 생각하도록 변화시키는 것으로 생각할 수 있습니다. 이것은 특히나 부모 자식 관계, 선생님과 학생 관계에서 많이 볼 수 있고요. 이런 관계 안에서 흔히 사용되는 방법은 강압적인 방법, 그러니까 못하게 하고 벌주는 방법들이 사용되곤 하죠. 그리고 시험 잘 보면 상을 주는 방법도 있을 것이고요. 그런데 그게 정말로 다일까요?

앞의 글들에서 이야기했듯이 저는 수도원에서 직업학교 사감으로 60명 정도 되는 16~33세 청소년, 청년들이랑 같이 산 적이 있습니다. 아이들이 낮에 직업학교에서 기술을 배우면 저는 밤에 아이들과 생활하면서 기본적으로 생활하는 것들을 가르치는 것이라고 할 수 있었죠. 그러면서 저는 아이들을 가르쳐야 한다는 생각이 있었고 그래서 아이들이 어긋나는 것들이 보이면 그 자리에서 혼을 내서라도 바로잡아 주는 것이 옳다고 생각하고 살았어요. 하지만 그렇게 보이는 곳에서는 잡아놔도 제가 없는 곳에서는 그대로 돌아가기 일쑤였죠. 하지만 시간이 지나면서 그게 다가 아니라는 것을 깨달았습니다. 교육은 마음의 일입니다. 말 그대로예요.

저는 보시다시피 철이 없어서 16~33세의 그 아이들과 장난도 치고 웃고 떠들고 이야기 나누면서 친구처럼 지냈어요. 저한테 호구라면서 그렇게 물러 터져서 험한 세상 어떻게 살 거냐고 잔소리하던 아이들이었거든요. 그러다가 하루는 한 방이 외출 나갔다가 복귀 시간이 한참 넘어서 들어온 겁니다. 원래 아이들이 자기 전에 방마다 돌아다니면서 잘 자라고 인사해주고 나오는데 그 방만 한 3일 정도 안 들어가고 좀 쌀쌀맞게 대했습니다. 그 아이들에게 실망한 것도 있었지만 사실 제 마음은 이미 하루 만에 풀렸었지만, 꾹 참고 그 방만 밤인사를 안가고 3일을 버텼죠. 그리고 3일째 들어가서 인사를 하니까 아이들이 막 와서 죄송했다면서 사흘 동안 너무 안절부절못했다는 겁니다. 별의별 생각을 다 했다고 하더라고요. 다시는 그러지 말아야겠다는 생각과 뭐 단체로 편지를 써야 하나 선물을 사야 하나 자기들끼리 엄청 고민했다고 하더라고요. 그래서 저도 사실 화는 풀려 있었는데 그래도 잘못한 거 알려주려고 참았다고 하고 다시 친구처럼 지내게 되었죠. 그 뒤로 정말로 안 늦고 졸업을 했습니다.

조금 극단적으로 이야기를 해보면 제가 어떤 아이의 마음을 산다면 교육을 하는 것이고요, 사지 못한다면 교육을 하지 못하는 겁니다. 우리 학교 다닐 때 생각해 보세요. 내가 좋아하는 선생님 과목은 성적이 오르지 않아요? 내가 수학 선생님을 좋아하면 그 과목을 더 좋아하게 되고 성적까지 오른 적 없나요? 선생님 마음에 들고 싶어서 공부를 더 하면서요. 똑같아요. 지금 아이들도 자기가 좋아하는 사람의 말은 정말 기가 막히게 듣거든요. 그래서 우리는 누군가를 변화시키고자 할 때 먼저 관계를 쌓는 것이 중요합니다.

처음에는 그 사람의 좋은 점을 보아주고 칭찬해주면서 관계를 쌓아 나가는 것이 중요합니다. 처음부터 지적하고 화내면서 다가가면 관계를 쌓기 어려워집니다. 그래서 처음에는 조금 여유롭고 너그럽게 품어주면서 아 이 사람은 그래도 내 편이구나..라는 신뢰관계를 쌓는 것이 중요합니다. 그리고 상대가 나를 좋아하게 만들었을 때 우리의 교육은 시작되는 겁니다. 사실 상대가 나를 좋아한다면 따로 어려운 교육 이론들을 갖다 댈 필요도 없어요. 그 아이는 제 마음에 들고 싶어서 언제나 제 말을 귀담아 듣고 제가 하는 행동을 닮으려고 노력할 겁니다. 우리가 모두 그렇듯 말이죠. 그리고 제가 싫어하는 일은 자기도 하기 싫어하게 되겠죠.

이게 학생들에게만 해당할까요? 아니죠. 인간이라면 다들 비슷하지 않을까요? 사람은 내가 좋아하는 사람이 뭔가를 말하면 조금 이상해도 다 옳은 일이라고 생각합니다. 반대로 내가 싫어하는 사람은 무슨 옳은 말을 해도 받아들이기가 싫습니다. 특히나 나에 대해 지적을 한다면 머리로는 그 말이 옳고 내가 잘못했다는 것을 알지만, 그냥 그 사람이 싫어서 핑계를 대고 어깃장을 놓는 경우가 있어요. 왠지 인정하면 그 사람에게 지는 것 같아서 말이죠. 다시 생각해보면 좋아하는 사람은 무슨 짓을 해도 좋고 싫은 사람은 웃으면 웃어서 싫고, 울면 울어서 싫어요. 심지어 같은 공간에서 숨쉬기조차 싫어지죠.

그래서 다른 사람을 변화시키고자 할 때는 상대방과 관계를 맺어야 하고 나를 좋아하게 만들어야 합니다. 그 사람의 마음을 훔쳐야 하죠. 이런 관계가 되면 우리는 따로 체벌할 필요가 적어질 겁니다. 신뢰관계가 쌓이면 기숙사에서 제가 했던 것처럼 제가 굳이 혼내지 않아도 그 아이가 뭔가 잘못을 했을 때 평소처럼 웃어주지 않는다거나 그 아이를 살짝 피하게 되면 그것 때문에 아이들은 더 괴로움을 느끼고 그 행동을 하지 않겠다는 다짐을 하게 되거든요. 그리고 때리고 화내면서 윽박지르는 것보다 훨씬 효과도 좋지요.

사감할 때 취침시간이 지나도 안 들어오는 아이들을 찾으려고 다른 친구들 재워놓고 겨울이었는데 수면 바지에 슬리퍼 신고 밤 12시에밖에 돌아다닌 적이 있어요. 그렇게 한참 방황하다가 편의점에서 술을 마시고 있던 이 인간들을 발견했죠. 뭐 아이들이라고 해봤자 20살은 다들 넘어서 성인이긴 했지만 그래도 기숙사 외출시간은 지켜야 하니 데려가야 했죠. 처음에는 안 들어가려고 하던 아이들이 '아이고 나는 또 들어가면 혼나것네. 너네들 단속도 못 하고 뭐했느냐고 엄청 욕 먹것네..' 하면서 우는소리를 했더니 좀 취한 그 아이들이 쭈뼛쭈뼛 거리면서 '뭐 수사님이 곤란해진다는데 들어가야죠 뭐.' 하면서 슥 일어나서 가더라고요. 솔직히 좀 심쿵했습니다. 평소에 친하게 지내서 귀엽긴 한데 남들이 볼 때 조금 거친 아이들이긴 했거든요. 이 맛에 애들 키운다며 혼자 뿌듯했었죠. 만약에 여기서 소리 지르고 혼냈으면 아이들이 기숙사로 조용히 들어왔을까요? 아닐 겁니다. 거기서 싸움만 일어났을 것이고 교칙 위반으로 아이들을 잃을 수도 있었을 겁니다. 하지만 아이들은 다행히 스스로 나서줬고 그래서 체벌이나 화를 내지 않고도 원만히 끝날 수 있었죠.

그래서 저는 사람을 변화시키려면 먼저 마음을 사야 한다는 말을 마음에 담고 있답니다. 이 관계의 마법은 시대가 흘러도 사라지지 않는 것 같아요. 대화의 수단이 바뀌고 사람을 만나는 방법이 달라져도 그걸 하는 건 '사람'이라는 건 변하지 않거든요. 오프라인에서 관계를 잘 맺는 여유롭고 따뜻한 사람은 온라인에서도 통합니다. 거기 있는 것도 사람이거든요. 아니 오히려 더 빛날 겁니다. 왜냐하면 온라인에서 더 쉽고 편리하게 사람을 만나 대화는 하지만 오히려 사람들은 사람의 온기를 그리워하고 그 빈자리를 채우고 싶어 하거든요. 그래서 자신을 품어줄 수 있는 따뜻하고 여유로운 사람을 더 원하게 됩니다. 그러니까 우리, 누군가를 변화시키고 싶을 때 그 사람의 마음을 훔치는 도둑이 되어 보는 건 어떨까요? 분명 효과가 있을 겁니다. 그리고 우리의 이 따뜻함이라는 능력을 극대화 시켜서 어떻게 보면 차가운 온라인 세상에서 우리의 세력을 넓히고 세상을 더 따뜻하게 만들어 가는 우리가 되면 좋겠습니다.

다른 사람을 판단하지 않기

우리는 흔히들 다른 사람을 판단하곤 합니다. '저 사람은 왜 저렇게 살지? 더 열심히 살지 못하고 저렇게 답답하게 살까?', '저 아이는 왜 저렇게 못된 짓만 골라서 하지? 저렇게 문제만 일으키는 건 저 아이 문제 아냐?' 라고 말이죠. 이러한 것들은 문제 상황에서 더욱 심해집니다.

한 아이가 반복되는 범죄를 저지른다고 생각해보죠. 몇 번 혼내고 타일렀음에도 친구들이랑 어울리며 술도 먹고 돈도 훔치며 싸움에 휘말리기도 합니다. 이 아이들을 생각할 때 우리는 어떻게 생각할까요? '저 아이들은 정말 구제불능이네!! 저것들은 태어날 때부터 저렇게 나쁘게 태어났을 거야.' 라며 혀를 끌끌 찰 수도 있죠. 근데 정말로 그것이 그 아이들만의 잘못일까요?

사실 위에서 말한 아이들은 내가 한때 함께 살던 아이들 이야기입니다.

수도원에 있을 당시 직업학교에서 기숙사 사감으로 일할 때 만난 아이들이죠. 직업학교 안에서도 사고를 많이 쳤습니다. 몇 명 되는 친구들끼리 뭉쳐 다니면서 아이들을 때리기도 했고 술을 마시고 들어오거나 밤에 담배 피우러 나간다고 나갔다가 술 마시고 들어오기도 했죠.

처음에는 도저히 이해할 수가 없었습니다. '우리가 규칙은 지키라고 있는 건데 왜 얘들은 이렇게 제멋대로지? 내가 만만해서 그냥 나를 애 먹이려고 이러는 건가?'라고 온갖 생각을 다 했죠. 하지만 아이들과 지내면서 그들도 다른 아이들과 같이 웃고 떠들며 장난치는 평범한 아이들과 다르지 않은 모습들을 발견하며 약간은 다른 시선으로 보게 되었어요.

그렇게 서로 마음을 주고받으며 정이 쌓여갈 때쯤, 하루는 그 아이들과 이야기를 하다가 어릴 적 이야기를 하게 되었습니다. 그 아이들은 같은 보육원에서 함께 자랐거든요. 그렇게 보육원에서 있었던 일들을 이야기하는데 생각지도 못했던 이야기들을 들었습니다. 초등학교 때 물구나무서기를 하고 맞기도 하였고, 수박을 먹은 후에 투명의자를 시켜놓고 화장실도 못 가게 하는 등, 귀를 의심할 정도로 힘든 상황들 속에서 살아왔다는 것이었죠.

한 명에게 그 말을 들었으면 거짓말이거나 조그만 것을 부풀렸다고 말할 수 있을 겁니다. 하지만 그 자리에 있던 3~4명의 아이들이 그 기억을 서로 공유하며 마치 어릴 적 소풍 갔던 이야기를 하는 듯이 깔깔대며 이야기하는 것이었죠. 들으면서 참 마음이 아팠습니다. 이런 것들을 마치 좋은 추억인 양 공유를 하고 있는 아이들이, 그리고 그 시간들을 자기들끼리 뭉치며 버텨내고 생존해야 했던 아이들의 어린 시절이 생각나 마음이 아팠죠.

어린아이들이 당연히 받아야 하는 사랑과 관심을 못 받는 것으로 모자라 이러한 환경에서 자라왔다는 것이 화도 나고 슬프기도 했습니다. 그러면서 생각했죠. '과연 내가 저 상황이었다면 지금 이 아이들보다 잘살고 있을까?' 저는 자신이 없었어요. 저였다면 지금까지 살아있지 않고 극단적인 선택을 했을 수도 있겠다고 생각했거든요.

그리고 반대로 '이 아이들이 내가 자라온 환경에서 자랐다면 지금처럼 '문제아'라는 낙인이 찍힌 채 살아가고 있을까? 지금의 나보다 훨씬 나은 삶을 살고 있지 않았을까?' 라는 생각이 들며 그 아이들이 대단해 보였습니다. 지금까지 '살아서' 이렇게 나와 대화하고 마음을 나눈다는 것이 너무도 대견했죠. 그 뒤로 소위 '문제아'라고 이야기하는 아이들에 대한 저의 시선이 변했습니다.

지금 어떤 아이가 사고를 치고 문제를 일으키는 것은 그 아이만의 문제가 아닐지도 모릅니다. 그 아이가 자라온 환경을 알지 못하고서는 그 아이를 함부로 판단하거나 무시해서는 안 되는 것이죠. 아이들에게 그 이야기를 듣고 난 후 다른 사람들이 이 아이들을 보며 문제아라고, 앞으로 성공적인 인생을 살기는 힘들 것이라고 이야기할 때 화가 났습니다. 당신들이 이 아이들에 대해서 뭘 아냐고, 당신들이 이 아이들 같은 상황에서 자라났어도 지금 이 아이들보다 잘살아낼 자신이 있느냐고 한소리 하고 싶었거든요.

물론 그 아이들의 죄는 잘못된 겁니다. 그런 배경이 있다고 죄가 용서되는 건 아니니까요. 하지만 그 아이들의 힘들었던 배경을 무시한 채 그 아이들의 잘못으로만, 그 아이들의 책임으로만 넘겨 버리는 것은 그 아이들 입장에서 너무 억울하지 않을까 싶습니다.

이것은 이 아이들에 국한된 것이 아닙니다. 사람들은 저마다 다른 환경에서 자라나죠. 그 환경 속에서 큰 상처를 입을 수도 있고, 사랑을 많이 받고 자랄 수도 있어요. 이것은 어찌 보면 복불복이라 할 수 있습니다. 내가 지금 저 사람들보다 잘살고 있는 것은 내가 뛰어나서가 아니라 내가 좋은 환경에서 자라났기 때문에 다시 말해 운이 좋았기 때문이라 생각할 수 있지 않을까요? 그러니까 누군가를 대할 때 판단을 하지 않는 것이 좋다고 생각합니다.

내 맘에 들지 않는 그 사람도 삶을 살아오면서 힘들었을 것이고, 지금의 그 성격을 가지게 된 환경적인 이유도 무시 못 할 것이니까요. 그러니 우리 이제 사람에 대한 평가는 그만두죠. 그 사람의 환경에서 자라났으면 나는 그 삶보다도 더 못한 삶을 살고 있을 수도 있으니까요. 그러니 누군가 사람들을 볼 때 지금 내가 보고 있는 모습이 전부가 아니라는 것, 그리하여 그 사람의 역사를 알지 않고는 함부로 평가하지 말아야 한다는 것을 기억하면 좋겠습니다. '내가 그 상황이었으면 과연 더 나은 삶을 살았을까?' 라는 의문을 마음에 품고 지금 나름의 삶을 살고 있는 모든 사람들을 존경의 눈으로 바라보는 우리가 되면 좋겠습니다.

다른 이에게 충고하는 법

우리는 살면서 다른 사람에게 충고해야 할 때가 있습니다. 충고는 뭔가 가르친다는 느낌이 짙으니 조언이라고 하죠. 우리가 다른 사람에게 조언할 때는 그 사람이 뭔가 내 맘에 안 들었을 때겠죠. 하지만 이 상황이 '나'한테만 거슬리는 상황인지, 아니면 객관적으로 봤을 때 거슬리는 상황인지를 잘 생각해 봐야 합니다. 가끔 다른 사람들은 괜찮은데 나만 거슬린다고 가서 고치라고 할 때가 있거든요. 그런 경우는 '내가 이상한 건가?' 하는 의심을 한번 해보는 것도 좋겠습니다.

이런 생각을 다 한 뒤에도 명백히 고쳐야 할 것이 있다면 가서 말을 해주어야 합니다. '나는 저 사람을 바꿔놓고야 말겠어~!' 라는 굳은 결심을 하고 가지 마세요. 그냥 이야기해 준다는 마음가짐으로 가야 합니다. 안 그러면 내가 말할 때 너무 강압적이 되거든요.

그리고 그 사람이 잘못한 자리에서 바로 말하는 건 금물입니다. 그 자리에서 바로 말하면 상대는 자기가 부당한 모욕을 당했다고 생각하고 화를 낼지도 모르거든요. 바로 쉴드를 칠 겁니다. 그리고는 어떠한 말도 듣지 않는 상태에 들어가겠죠. 그러니까 시간이 조금 지난 후에 이야기를 좋은 상황에 하는 게 좋습니다. 그러면 어떤 때가 좋은 상황일까요? 저는 상대방 기분이 좋을 때나 평상시와 같을 때가 좋더라고요. 상대 기분이 안 좋을 때 그러는 분은 없을 것이라 생각합니다. 그건 그냥 싸우자는 이야기와 다르지 않으니까요.

　그렇게 타이밍을 잡고 나면 먼저 그 상황에 관해서 이야기를 하고 그때 당시 상대방의 상황에 공감해 줍니다. 이 사람이 그 당시에 그럴 수밖에 없는 상황이었다는 것, 아니면 너는 이상하지 않았을 수도 있었다는 등의 상대 상황에 대한 이해를 해주고 공감해 주는 것이 중요해요. 제가 생각할 때는 다른 어떤 과정보다도 이 공감과 타이름의 단계가 가장 공들여야 하는 과정이라고 생각합니다. 사실 고치면 좋을 내용을 말해 주는 것은 길게 할 필요가 없지만, 이 과정은 어찌 보면 이야기를 하기 위한 관계를 맺는 과정이라 할 수 있거든요. 그래서 이 과정은 중요합니다. 필요하면 일단 이 과정만 하고 시간이 부족하면 이야기는 다음으로 미룰 수도 있어요. 그만큼 이 과정이 제대로 되지 않으면 상대방은 내 말을 들을 생각조차 안 하거든요.

　그렇게 관계가 잘 형성되고 분위기가 무르익으면 요점을 이야기합니다. "네가 그런 상황이어서 힘들어서 그랬다는 거 알아. 그런데.."라고 말이죠. 이렇게 고칠 것을 이야기해주는 과정은 길면 길수록 역효과가 나요. 처음에는 '그렇구나.' 하고 납득했다가도 똑같은 이야기를 계속 들으면 속에서 슬슬 화가 나거든요. 아무리 좋게 말해도 그것은 자기가 잘못한 거라고 말하는 거니까 말이죠. 그리고 말을 해 줄 때는 해야 하는 것을 조금 명확하게 말해 주는 것이 좋아요. 누구와 화해를 하면 좋겠다는 이야기를 할 때, "너도 잘못한 부분이 있기는 하니까 그거에 대해서는 먼저 가서 사과를 해. 그러고 나서 네가 기분 나빴던 것에 대해서 말을 하면 좋을 것 같아."라는 식으로 말이죠.

자신의 잘못을 인정한다는 것은 성숙하다는 표현이니까 상대 입장에서도 나쁜 이야기는 아닐 겁니다. 다만 먼저 잘못을 인정한다는 것이 지는 것이라는 생각만 하고 있었을 수 있는데 그것이 오히려 성숙한 것이라는 생각을 하게 된다면 상대도 받아들여 줄 거예요. 이런 식으로 상대에게 그냥 '니가 잘못했어!!'라는 비난보다는 좀 더 구체적인 방법을 알려주는 것이 또 하나의 방법이라 할 수 있겠네요.

그리고 또 하나 중요한 것이 마무리입니다. 지금 말해 주는 것이 내가 기분이 나빠서가 아니라 상대를 생각해서 그런 것이라는 것을 알려주어야 하죠. 정말 상대를 소중하게 생각하지 않는다면 상대가 고치든 말든 상관 안 하겠지만 그러는 게 싫어서 어렵게 말 꺼내는 거라는 걸 말해주어야 합니다.

지금까지는 제가 누군가에게 조언해줄 때 썼던 방법들입니다. 사실 이야기를 해 줄 때 이렇게 계획을 짜고 해주는 것은 아니지만, 지금까지 제가 했던 것들을 생각하니 대충 이렇게 요약이 되는 것 같아요. 다들 자기만의 방법이 있을 겁니다. 거기에 상대방 입장에서 생각해보고 상대를 위하는 마음만 더한다면 되지 않을까 합니다. 서로를 위한 한마디~!! 잘해준다면 따뜻한 세상으로 함께 나아가는 발걸음이 될 것이라 생각합니다.

진짜로 사람을 움직이는 건

앞서 이야기했듯이 제주도로 휴가를 갔던 목적 중 하나는 서핑을 배우는 것이었습니다. 멋지게 파도를 타는 모습이 너무 재미있어 보이기도 했고 멋있기도 했거든요. 예전에 웨이브파크라고 소위 자본주의 파도(?)라는 곳에서 비기너 레슨반값 이벤트 때 가서 한번 배워보고 일어서지도 못하는 저를 보며 나중에 꼭 제대로 배워보겠다고 다짐을 했었죠.

그렇게 제주도를 갔습니다. 파도가 그렇게 좋다는 중문 색달 해수욕장의 서핑 교육하는 곳을 찾아갔죠. 그런데 거기서 말하기를 그날 태풍이 오고 있어서 파도가 엄청 세다는 겁니다. 그리고 보니 제 키를 훌쩍 넘는 파도가 치고 있더군요. 그래도 저는 아무것도 모르고 달려들었습니다. 정말로 오래간만에 힘들어서 토할 것 같다는 느낌을 받았습니다. 보드를 들고 있는 것만 해도 너무 힘들었거든요. 앞에서 오는 파도를 버텨내고 나가는 건 정말로 힘들었고 파도를 잡아타고 일어나는 것도 힘들었죠.

근데 생각보다 체력이 너무 빠지는 겁니다. 왜 그런지 궁금해 하던 중에 강사님이 지금 조류가 너무 세서 옆으로 자꾸 떠내려가니까 한 번씩 자리를 확인하라는 겁니다. 그 이야기를 들을 때는 별 감흥 없이 들었는데 강습이 끝나고 혼자 연습을 하면서 느꼈습니다. 눈앞에 오는 커다란 파도는 뭐 뻔히 보이니 타이밍 맞춰서 뛰어나 보드를 밀고 앞으로 갈 수 있고, 대비할 수 있었죠.

그런데 복병은 이 '조류'였어요. 조류는 파도로 들어온 바닷물들이 다시 바다로 돌아가는 물의 흐름을 이야기하는데요, 해변에 서 있다 보면 뭔가가 나를 발밑에서 계속 잡아당깁니다. 한 번 끌면 그냥 서 있는 것도 힘들어요.. 어떻게 보면 파도는 대비라도 하지, 이 조류는 보이지도 않고 어디서 어디로 날 끌어갈지 몰라서 대비하기도 힘들더군요. 그래서 버티고 서있으면서도 질질 끌려가는 저를 발견했습니다.

이 조류를 보면서 사람의 관계를 생각해 봤습니다. '나를 정말로 이렇게 힘있게 이끄는 사람은 어떤 사람일까?'하고 말이죠. 큰 파도처럼 나에게 큰소리치고 억압하는 사람인지, 아니면 눈에 띄지 않게 조용히 발밑에서 힘 있게 나를 끌어가는 조류 같은 사람인지 생각해 봤습니다.

나를 다그치고 윽박지르면서 움직이려고 하는 사람은 대비가 됩니다. 그 힘이 있어서 움직이기는 하겠지만, 그때만 타이밍 좋게 넘어갈 수 있거든요. 하지만 조용히 발밑에서 움직이는 조류는 내가 어쩔 수 없이 매번 휘청거리게 하죠. 저는 제 마음을 산 사람이 이런 사람이 아닌가 생각했어요.

제가 마음을 준 사람을 저는 닮고 싶어 하고, 그 사람이 한 말은 제게 있어 거부하기 힘든 힘으로 나를 끌어가거든요. 타이밍을 잡기도 힘들고 실제로 내가 영향을 받고 있는지조차 모르는데도 다리는 움직일 때가 많으니까요. 그렇게 나를 움직이는 건 '조류'같은 사람이라는 생각을 했습니다.

그럼 이제 반대로 생각해볼까요? 나는 파도 같은 사람인가요, 조류 같은 사람인가요? 나는 다른 사람을 윽박지르며 우위를 점하려고 하는 사람인가요, 조용히 그 사람의 마음을 사는 사람인가요? 그리고 어떤 사람이 되어야 할까요?

조류 같은 사람이 되려면 노력과 시간이 필요합니다. 마음을 사는 데는 꾸준한 노력과 시간이 필요하니까요. 하지만 누군가를 움직인다는 건 마음을 사고 그 하나의 행동이 아니라 그 삶에 영향을 주게 된다는 것을 생각하면 좋겠어요. 그렇게 서로에게 좋은 영향을 주고 좋은 방향으로 이끌어 주다 보면 더 따뜻한 세상이 되지 않을까요?

모두가 아니라고 하는 그 사람

우리는 살다 보면 나와는 정말로 맞지 않는 사람을 만나게 됩니다. 굉장히 자기중심적이고, 이기적이고, 다른 사람들과 관계를 잘 맺지 못하는 사람들 말이죠. 이런 사람들의 경우에는 대부분 나뿐만이 아니라 다른 사람들과의 관계도 어려운 경우가 많아요. 그런 경우 우리는 어떻게 하나요?

먼저 앞서 이야기하였던 모든 사람의 자라온 환경이 다를 수 있다는 것을 한 번 생각해 보고 먼저 다가가 보는 건 어떨까요? 이런 분들의 경우에는 사람들에게 상처를 받은 경우가 많습니다. 그래서 더 이상 관계를 맺고 싶어 하지 않거나 아니면 관계를 맺어본 적이 없어서 서투른 걸 수도 있죠. 대개 그런 성격이면 사람들이 주변에 안 가니까요.

그래서 한번 다가가 보라는 겁니다. 오히려 더 쉽게 마음을 열 수도 있어요. 저는 청소년 시설 중에 6호 시설에서 생활한 적이 있어요. 6호 시설은 죄를 지은 청소년 중에 소년원에 가기는 조금 죄가 가볍고 집으로 그냥 보내기엔 죄가 무거운 아이들이 6개월간 있다가 가는 곳이에요. 흔히들 말하는 문제아라는 낙인이 찍힌 아이들이죠.

이 아이들이 처음 들어올 때는 엄청 무섭게 들어옵니다. 몸에 문신도 많고요, 인상은 쓰고 있고, 말끝마다 욕이 나오죠. 가끔은 폭력적인 행동을 보여주기도 하고요. 저도 처음에는 무서웠어요. '이 아이들이 나를 때리면 어쩌지?'하고 말이죠. 하지만 이 아이들과 함께 운동하고 밥 먹고 소풍 가고 하면서 시간을 함께 보내게 되고 그 아이들과 좀 더 가까워질 수 있었습니다.

그런데요, 이 아이들은 대부분 다른 사람으로부터 인정받거나 칭찬을 받거나 사랑을 받아 본 경험이 없는 아이들이 많습니다. 그래서 인간관계를 맺을 줄 몰랐죠. 하지만 우리들과 관계를 맺어가면서 아이들은 바뀌어 갔어요. 처음에 인상 쓰고 욕하던 아이들이 시간이 지나면 노래도 엄청 크게 부르고 사탕하나에 초 집중하기도 하고, 우리가 멀리서 보이면 저~기서부터 뛰어와서 인사하며 안아주고, 들러붙는 사랑스러운 아이들이 되어 가는 것을 보았습니다.

이 아이들과 살면서 생각했던 것이 있습니다. 어찌 보면 이 아이들이 더 순수한 것일 수도 있겠다는 것이었죠. 지금까지 받아보지 못한 사랑, 인정 이것을 주었을 때 반응이 다른 사람들보다 빠르게 그리고 강하게 올 수도 있겠다는 것이죠. 우리나라에서는 항생제 내성이 생겨서 2알을 먹어야 간신히 효과가 난다면 아프리카 사람들은 항생제를 먹어본 적이 없어

반 알만 먹어도 효과가 잘 나온다는 것과 비슷할지도 모르겠어요. 사랑을 갈망하고 그것이 무엇인지조차 모르는 아이들에게 따뜻한 사랑과 관심은 그 아이들이 느껴보지 못했던 것이니까요. 그래서 훨씬 더 마음을 열고 잘 다가와 주는 것 같았습니다.

우리 주변에 남들과 잘 어울리지 못하는 사람의 경우도 그럴 겁니다. 그 성격 때문에 사람들로부터 외면 받는 일들이 많을 거예요. 그럴 때 한 발짝 다가가서 마음을 열어보세요. 처음에는 엄청나게 경계할 겁니다. '이 사람이 나에게 무슨 꿍꿍이가 있는 거지?'하고 말이죠. 왜냐하면 자기한 테 그런 종류의 관심을 주었던 사람이 없을 테니까요.

하지만 그렇게 사랑과 관심을 지속적으로 주다 보면 그 진심을 느끼게 되고 여러분을 친구라 생각하며 다른 이들보다 더 순수하게 사랑하고 친해질 수 있을 겁니다. 물론 이 과정은 쉽지 않아요. 처음에 말조차 걸기가 힘들거든요. 하지만 분명 시작한다면 그 사람도 나도 친구가 한 명 생기는 거니까요. 그리고 내가 포용할 수 있는 그릇이 그만큼 넓어졌다는 것이겠죠. 그래서 한번 도전해 보시길 바랍니다. 하지만 안 된다고 자책하지 마세요. 그건 원래 어려운 것이니까요.

제가 이렇게 글을 쓰고는 있지만, 저도 너무나 껄끄러운 사람들이 있답니다. 가까워지려고 노력조차 하기 싫을 정도로 말이죠. 이건 말이 쉽지 행동하기는 정말로 어려운 것 같아요. 그러니까 안 되더라도 너무 자기를 탓하지는 마세요. 그리고 너무 상처를 받겠다고 생각이 들면 물러나는 것도 중요합니다. 어디까지나 내가 너무 스트레스받지 않고 포용할 수 있을 때까지, 나의 삶에 큰 영향을 주지 않을 정도로 하시는 것을 추천해 드립니다. 그렇게 관계를 맺기 위해서 내 일상이 깨져버린다면 그건 의미가 없으니까요. 그러면 앞으로 사람들에게 먼저 다가가고 마음을 열어주는 우리가 되어 조금 더 많은 사람을 '우리'의 범주로 끌어들이는 따뜻한 우리가 되면 좋겠습니다.

아이들과 친해질 때

아이들과 친해질 때 어떻게 해야 할까요? 제가 직업학교 사감 할 때 청소년들과 함께하며 사용했던 방법이고, 그리고 아이들과 만날 때 사용했던 나름의 꿀팁이었던것 같습니다. 물론 내가 그 아이들을 사랑하고 있다면야 모두가 그것을 느끼고 먼저 다가오겠지만, 제가 그럴만한 그릇이 안되어 이런저런 방법을 생각하게 되었죠.

그중에 하나는 아이들에게 물어보는 겁니다. 직업학교 사감은 주로 저녁 6시부터 기숙사에서 아이들과 함께하는 일을 하고 낮에는 쉬는 시간이에요. 밤에 아이들 보느라 못 잔 잠도 좀 자고, 개인 시간을 가질 수 있는 시간이죠. 그런데 저희 애들은 그 시간에 밑에 교실에서 공부하거나 실습장에서 밀링, 선반 같은 실습을 하고 있어요.

그래서 처음에 사감이 되고 나서 했던 일은 아이들과 함께 실습하는 것이었습니다. 처음부터 함께 하지는 못하고 일주일인가 뒤부터 낮에 내려가서 함께 하기 시작했죠. 마이크로미터를 사용하는 법, 그리고 치수를 재고 쇠를 깎는 것 등을 함께 했어요. 이러한 것들을 배울 때 선생님께 기본적인 것들은 배웠지만 저는 주로 아이들에게 물어봤습니다. 어찌 되었든 아이들이 저보다 빨리 시작했고, 저보다 잘하니까요.

아이들에게 '이건 어떻게 하는 거야?'라고 물어보면 아이들 눈이 반짝 빛납니다. 그러면서 귀찮다는 듯이 제 옆으로 와서 조잘조잘 설명을 해주죠. 온갖 귀찮은 티를 다 내지만 자기가 누군가를 가르친다는 자부심에 가득한 얼굴로 열심히 설명해주죠. 그리고는 저를 제자로 생각하고 옆에서 계속 봐줘요. 그러면서 아이들은 물어봅니다. '수사님은 왜 이 시간에 내려와서 실습해요?' 그때는 '너네랑 같이 있는 게 좋으니까'라고 이야기해줍니다.

아이들의 경우에는 자기 말을 친구처럼 들어주는 어른들을 경험해 본적이 많지 않습니다. 대개 어른들은 가르치고 자기들은 배우는 입장이거든요. 하지만 그 역할이 바뀌게 된다면 아이들은 그 역할에 몰입하게 되죠. 그렇게 어른인 저를 제자로 삼아 계속 챙겨주고 싶어해요. 그리고 자기에게 와서 도움을 청하는 저를 받아들이게 되죠.

그리고 같이 물어보며 실습을 할 때 좋은 점은 함께 이야기할 거리가 생기는 것이죠. 그 아이가 하고 있는 것을 내가 하면서 이런 것들이 힘들고, 빡세다는 것을 보고 생각으로만 아니라 몸으로 느끼게 되면 그러한 경험을 함께 한 저를 아이들은 동지로 받아들여 줘요. 그러면서 저를 대함에 있어서 마음을 열고 스스럼없이 대하죠.

결국 중요한 것은 상대방이 나를 자기편으로 인식하느냐는 것 같습니다. 나이 차이가 나더라도 같은 경험을 공유하고 같이 시간을 보내며 내가 교육을 받기만 하는 것이 아니라 내가 가르쳐 줄 수 있는 상대, 일방적인 관계가 아니라 주고받을 수 있는 관계, 이러한 상대를 우리는 내 편이라고 인식할 겁니다.

하지만 나보다 어린 사람에게 무언가를 물어본다는 것은 참으로 자존심 상하는 일입니다. 우리는 누군가에게 무언가를 물어보면 내가 진다고 생각하는 경향이 있어요. 그래서 어린 사람들이 어떤 뛰어나고 현대 사회에 딱 맞는 생각들을 하고 있는지 물어보지 않죠. 자존심 상하거든요.

이러한 것들은 회사 생활을 함에 있어서도 비슷하지 않을까 생각해요. 직장 상사는 부하직원들에게 무언가를 물어보길 꺼리죠. 하지만 항상 말하는 것이지만 관계는 대화를 통해서 쌓아지는 겁니다. 이 대화는 내가 말하는 것을 상대가 들어주고, 상대가 말하는 것을 내가 들어주는 것을 말하죠. 그러니까 자기보다 어린 사람들에게 질문하는 것을 두려워하지 마세요. 그건 지는 것이 아닙니다. 오히려 큰 용기가 필요한 멋있는 일이지요.

자신의 부족함을 일부러 드러내고 상대에게 자신을 드러낼 기회를 주며 다가가는 것, 이것도 참으로 중요한 일이라고 생각합니다. 다시 말해서 '영리한 호구'가 되는 거라고 생각합니다. 이렇게 내가 일부러 드러낸 부족함 같은 경우에는 다른 사람들이 그것을 알아채도 나의 자존감은 깎이지 않아요. 제가 인정하고 드러내고자 한 부분이니까. 그래서 부족함은 드러내지만, 상처는 받지 않도록 '영리한 호구'가 되는 것이 인간관계를 좀 더 원활히 가져갈 수 있는 것이라고 생각합니다.

상대방을 조금 더 존중해 보세요. 그러면 상대방도 우리를 존중할 겁니다. 물론 처음에는 오히려 나에게 너무 스스럼없이 대해서 내 기분이 나쁠 수도 있어요. 하지만 시간이 지나면 내가 그 상대를 배려한 것이라는 것을 상대도 알아줄 겁니다. 그렇게 나이와는 상관없이 좋은 친구들을 만들 수 있게 되겠죠. 그러면 오늘부터 나의 부족함을 드러내고 상대방에게 도움을 청할 수 있는, 그런 것들을 통해서 인간관계를, 특히나 아이들과 관계를 맺어가는 우리가 되면 좋겠습니다.

세대 차이

세대 차이는 인간관계에서 참 해결하기 힘든 문제 중의 하나입니다. 오죽하면 고대 이집트 유적에서 출토된 비석에도 "요즘 젊은것들은 버릇이 없다."라는 내용이 나올까요? 이는 아주 오래전부터 내려온 문제라고 할 수 있죠.

사람은 자라난 환경에 따라 다르게 성장합니다. 동양에서 자란 것과 서양에서 자란 것, 가톨릭 국가에서 자란 것과 불교 국가에서 자란 것, 각 나라의 문화와 각 가정의 문화의 차이 속에서 성장한 사람들은 사고방식 자체가 다릅니다. 그리고는 서로를 잘못되었다고, 그 방식은 틀린 것이라고 받아들이지 못해요. 이렇게 세대 간의 갈등이 있을 때 누가 옳은 것일까요? 인생의 경험이 많은 연장자의 말이? 아니면 유연한 사고를 가지고 있는 어린 사람의 말이?

저는 둘 다 옳다고 생각합니다. 다만 '다를' 뿐이죠. 아주 진부하고 상식적인 대답이라 실망하셨나요. 그런데 이런 진부한 내용이야말로 서로를 이해하는 통로라고 생각합니다. 세대 차이를 극복하는 방법도 다른 관계를 만드는 것과 다르지 않다고 생각해요. 일단 상대방을 최대한 긍정해주는 기간이 필요하죠. 나와 생각이 다르더라도 충분히 저 의견이 옳을 수 있다는 생각, 그리고 칭찬. 이것이 반복되면 상대는 나를 '나이 많은 꼰대'나 '말 안 듣는 어린놈'이 아니라 내 말을 들어주는 친구 또는 내 편이라고 생각하게 되죠.

일단 둘 간의 편 가르기가 무너집니다. 그것과 같이 선입견도 무너지고요. 일단 이 관계가 맺어지면 서로 자신의 의견을 감정에 휘둘리지 않고 이야기할 수 있게 되죠. '아.. 저분(저 사람)은 내 말이 맞았는데도 자존심 때문에 틀렸다고 말하는 꼰대(어린놈)가 아니야. 저 사람이 이렇게까지 말하는 데는 그 이유가 있겠지?'라고 생각하게 되는 거죠.

자라온 환경이 다른 두 명이 서로를 머리로 이해할 방법은 없어요. 얼마 전에 에티오피아에서 선교하시는 수녀님께서 그러시더군요. 거기는 어제까지 같은 성당에서 미사 드리는 다른 부족의 친구가 부족 간의 싸움이 나면 바로 칼 들고 싸우는 적이 되는 것을 보면서 나라 전체가 한민족이라는 사고방식을 가진 우리가 그들을 이해할 수 없고, 그들도 우리를 이해할 수 없다고, 그냥 서로를 받아들이며 사는 거라고 말씀하시더라고요.

세대 차이도 같은 것 같아요. 우리는 같은 나라에서 같은 지역에서 살지만, 너무도 다른 시대적 환경에서 살아왔어요. 누구는 6·25전쟁을 겪었고요, 누구는 IMF로 휘청거릴 때 태어났어요. 또 누구는 삐삐를 사용하던 시대에 태어났고요, 누구는 스마트폰 하나면 다 되는 세상에서 살고 있어요. 이런 시대적 차이는 우리가 머리로는 이해할 수 없는 부분이에요. 그 환경에서 나는 안 살아봤으니까. 이건 부끄러워할 문제도 아니고, 문제 삼아야 할 것도 아니에요. 인간이니까 당연하죠.

그러니까 머리로 이해가 안 간다고 상대를 몰아세우고 비난하기보다는 일단 받아들여 보세요. 압니다. 정말로 힘들죠. 속으로 수백 번 넘게 '나이도 어린것이..'라는 생각이 올라올 것이고, 또 수백 번 '세상이 바뀌었는데 저 꼰대가..'라는 생각이 올라올 겁니다. 하지만 일단 다 덮어두고 상대를 받아들여보세요.

그러면 또 누군가는 이야기합니다. 마냥 오냐오냐하면 기어오른다고. 그 느낌 알아요. 저도 공동체에 오래 있어봐서 동생들한테 오냐오냐 잘해줬는데 20살 정도 어린 동생이 가끔 저를 무시한다는 느낌이 들면 내가 너무 잘해준 건가..라는 회의감이 들었거든요. 어떤 피시방 사장님은 알바한테 형 동생 하며 잘해줬더니 나중에는 라면 서빙을 사장님이 하고 있었다고 하시더라고요. 당연히 적정선 필요합니다. 하지만 대개 그 적정선을 생각하기 전에 상대를 머리로만 이해하려 하지, 받아들이려는 마음이 없는 것이 잘못되었다고 말씀드리는 겁니다.

'영리한 호구'가 되세요. 관계는 일단 상대를 긍정함에서 시작되는 거예요. 이 사람은 나를 생각해주는 내 편이라는 신뢰관계가 쌓이면서 시작되는 겁니다. 그러기 위해서 서로가 많은 '대화'를 나누고 자기에 대한 정보를 이야기해야 해요. 대화입니다. 혼자만 줄곧 얘기하는 것이 아니라 서로 이야기를 '주고받는' 대화요.

그런 의미에서 저는 우리나라에서는 특히나 힘든 것이라고 인정합니다. 우리에게 있는 유교와 군대문화, 특별히 높임말 때문에요. 유교의 이념 당연히 우리의 전통이고 좋죠. 하지만 높임말은 무의식적으로 나이 든 사람은 어린 사람보다 지혜로우니 존중받아야 한다는 것을 깔고 있는 것 같아요. 그래서 그걸 강조하는 기성세대와 그 생각에 저항하는 요즘 세대가 마찰을 일으키는 것 같습니다.

서양에서는 높임말이 없으니 나이 80 먹은 할아버지와 15살 먹은 손주와 친구가 될 수 있어요. 하지만 우리나라는요? 할아버지를 친구라고 소개하면 바로 '싸가지 없는 놈' 이야기가 나오지 않을까요? 그러니 우리는 한 살 차이만 나도 친구라는 개념을 적용할 수가 없고, 동등한 입장으로 의견을 내기가 힘들어지는 것이죠.

그러니까 우리가 부족하거나 마음이 좁아서 상대를 받아들이기 힘든 것이 아니에요. 그것도 우리의 배경이 그런 것이니까요. 그러니까 다른 사람을 포용하지 못한다고 해서 자책하고 포기하기보다는 원래하기 어려운 상황이고, 다른 사람들에게도 힘든 것이라는 것 생각하면서 포기하지 말고 한 번이라도 더 해보려는 노력이 필요하다고 생각합니다. 서로가 서로를 있는 그대로 존중하고 받아들이는 것, 그리고 서로의 의견을 동등하게 받아들일 수 있을 때 우리 세대차이의 갈등이 조금은 없어질 수 있겠죠.

그러니까요 우리 주변 사람들을 한 번 보세요. 그리고 그들의 좋은 점을 찾아보세요. 없나요? 있어요, 찾아보세요. 보기 싫고 인정하기 싫을 뿐입니다. 그리고 하나라도 찾았으면 일단 칭찬해보세요. 그러면 한 개 더 보일 거예요. 왜냐하면 그 사람도 당신에게서 칭찬할 거리를 찾기 시작했을 테니까요. 그렇게 서로 가까워지는 겁니다. 그렇게 일단 관계를 쌓아보세요. 그러다 보면 당신은 나이 많은 사람과도 나이 어린 사람과도 함께 '대화'할 수 있는 사람이 되어 있을 것이고, 그러한 당신 옆에는 당신에게서 위안을 얻는 다양한 연령의 사람들이 와서 쉬고 갈 수 있을 거예요. 그리고 그것은 당신의 큰 능력이 되는 거죠.

가장 중요한 것은 이건 나만 어려운 것이 아니라는 겁니다. 다들 어려우니까 안 된다고 자책하지 마세요. 노력한다는 것 자체가 굉장히 잘해내고 있는 것이니까요. 그러니 이러한 것들을 이루었을 때 이것이 우리의 능력이 업그레이드될 수 있다는 것을 알면 좋겠어요. 이렇게 서로를 받아들이고 관계를 맺기 위해 노력하면서 따뜻한 '영리한 호구'가 되면 좋겠습니다. 모두 파이팅입니다~!!

누군가의 고민을 들어줄 때

어린 왕자의 이야기를 기억하시나요? 어릴 적 읽었지만, 사막여우밖에 기억이 안 나다가 예전에 영어 강의 시간에 어린왕자 원서로 강의를 들었는데 어릴 때 보지 못한 심오한 세계가 펼쳐져 있더라고요. 영어 실력이 짧아 강의 시간에 진도 앞질러서 해석 본을 정독하다가 혼자 울 뻔했습니다. 어린왕자 하면 제일 먼저 생각나는 것이 코끼리를 삼킨 보아 뱀일 겁니다. 그리고 어린 왕자가 양을 그려달라고 해서 몇 개 그려줬는데 어린왕자가 계속 트집을 잡고 싫다고 하여 주인공이 귀찮아져서 니가 원하는 양은 안에 있다며 상자를 그려주었더니 맘에 들어 했다는 이야기가 있어요. 어린 왕자는 그림 안의 모습까지도 알고 있다는 듯이 말이죠.

우리가 누군가의 고민을 들어줄 때 이런 모습이어야 하지 않을까 생각했습니다.

다들 그런 경험 있을 겁니다. 누가 고민 상담을 해 달라고 하고 자기 상황에 대해 죽~ 늘어놓았을 때 길을 제시해준다고 충고 몇 마디를 해주면요 오히려 마음 상해하거나 받아들이지 못하는 상대를 마주한 경험 말이죠. '아니 왜 양을 그려 달래서 양을 그려 줬는데 자기 맘에 안 든다고 난리지?', '아니 왜 고민 있다고 해서 들어주고 좋은 얘기 해줬는데 반응이 저러지?' 뭔가 비슷하지 않나요?

어린왕자가 원하는 양의 이미지는 확실하게 있습니다. 그리고 어린 왕자에게 필요한 것은 내가 제시한 양이 아니라 왕자의 마음에 있는 '그 양'이에요. 내가 아무리 자세하게 사진처럼 정밀묘사를 해준다 한들 어린왕자의 마음에 있는, 어린왕자에게 필요한 그 양이 아니라면 싫다고 했을 겁니다. 사람들도 마찬가지일 거예요. 사람들은 자기 문제에 대해서 답을 알고 있어요. 그리고 대부분 맞아요. 왜냐하면 자기가 자신을, 그리고 자신의 상황을 제일 잘 알고 있으니까요. 그래서 사람들이 하는 충고와 좋은 말은 그 상대에게 만족스럽지 못할 겁니다. 왜냐하면 자기가 가지고 있는 답과는 다른, 자신에게 정말로 필요하다고 생각하는 것을 이야기하지 않고 있으니까요.

이럴 때 필요한 것이 뭘까요? 귀찮아서 얼떨결에 했던 주인공의 행동이 정답이라고 생각합니다. 바로 양이 아니라 상자를 주는 것이죠. 상자 안에는 뭐가 들어 있어도 이상하지 않습니다. 그리고 사람들은 저마다 거기서 자신이 필요한 것들을 보죠. 어린 왕자에게 아무것도 없을 때는 아무것도 없는 겁니다. 하지만 어린 왕자에게 상자가 생긴다면 그건 아무것도 없는 게 아니라 내 양을 담을 수 있는 그릇이 생기는 것이죠. 그 안에서 내 양을 보면서요.

어쩌면 주인공이 어린 왕자에게 준 건요 그저 상자 그림이 아니라 왕자가 가지고 있는 이상을 담아줄 그릇이 아니었을까요? 내가 생각하는 구체적인 길을 강요한 것이 아니라 왕자가 가진 꿈을 실현 할 수 있도록 지지해 주고 응원해 준 것이라고 할 수 있을 것 같습니다.

우리도 우리에게 찾아와서 고민을 털어놓는 이들에게 이렇게 해 보면 어떨까요? 누군가가 고민이 있다고 나에게 왔을 때 일단 잘 들어주세요. 물론 지금 상황을 해결할 수 있다고 생각하는 방법이 수백 가지 떠올라서 상대의 말을 끊고 내 답을 제시해 주고 싶더라고 꾸~욱 참으세요. 그건 내 답이지 상대의 답은 아닐 테니까요. 그렇게 이야기를 다 들었으면 물어보세요. 그래서 "니가 생각하는 답은 뭐야? 너는 어떻게 하고 싶은데?" 그리고 상대가 자신의 답을 구체화 시킬 수 있게 길만 잡아주세요. 양이 아니라 상자를 준 주인공처럼 말이죠. 그러면 그 상대는 없다고 생각했던 자신의 길을 구체화 시키고 그 안에서 올바른 길을 찾아내게 될 겁니다.

그리고는 상대방은 말할 겁니다. "당신은 정말 고민 해결사네요~!!" 사실 우리가 한 건 들어주고 맞장구 쳐주고 할 수 있다고 지지해 준 것밖에 없는데 말이죠. 그렇게 우리 자신의 답을 다른 이들에게 강요하지 않고 그들이 자신의 길을 찾아갈 수 있도록 들어주고 지지해주는, 따뜻한 우리가 된다면 좋겠습니다.

영리한 호구는 몰라서 답을 제시하지 않는 것이 아닙니다. 상대를 더 배려하고 상대가 스스로 길을 찾을 수 있다고 믿어주고 지지해 주는 것이 사람들에게 따뜻하게 다가가는 '영리한 호구'의 모습이 아닐까요?

진실된 사람

사람들은 진실한 사람이 되고 싶어 합니다. 그럼 진실된 사람은 어떤 사람일까요? 너무 광범위하니까 진실하지 않은 사람을 생각해 볼까요? 진실되지 않은 모습을 지우면 진실된 사람에 가까워질 테니까요.

먼저 거짓말을 밥 먹듯이 한다면? 진실되지 못한 거겠죠. 그리고 자신의 업적을 너무 과장하면서 다른 사람보다 우월해 보이려는 사람, 자신의 실수를 축소해서 책임을 회피하려는 사람, 자신의 진짜 모습을 드러내지 못하고 다른 사람들이 원하는 대로 살아가는 사람 등 다양한 사람들을 생각해 볼 수가 있네요. 그러면 진실되지 못한 행동은 왜 나오는 걸까요? 아마 다들 아실 겁니다. 사람이라면 누구나 저러고 싶은 욕구가 올라오고, 저렇게 행동하는 때도 많으니까요. 먼저 거짓말을 밥먹듯이 한다면 다른 사람에게 무시당하기 싫은 마음이 먼저 있을 거예요. 무시당하기 싫은 마음이야 누구에게나 있지만.. 자기 자신에 대해 자신이 없는 사람은 더 하

184

겠죠. 자기에 대한 믿음, 그러니까 자존감이 높은 사람은 다른 사람의 평가 때문에 그렇게 많이 휘둘리지 않거든요. 그런 사람들은 나의 모습을 그대로 사랑할 수 있으니까요.

이런 면에서 보면 거짓말하는 사람이나 자기를 과장하는 사람, 실수를 축소하는 사람, 모두 비슷한 마음이 아닐까 생각합니다. 자신의 진정한 모습을 다른 사람들이 아는 게 싫은 거예요. 내 진짜 모습은 너무 초라하고 보잘것없어서 다른 사람들이 알게 되면 나를 무시할 것 같고 나에게서 다 떠나버릴 것 같아서 그런 행동을 하는 것이 아닐까요? 정작 다른 사람들은 초라하다고 생각하지 않는데 자기가 자신을 마음에 들어 하지 않는 것이죠.

이런 것은 비단 이런 사람만의 잘못은 아닐 겁니다. 주변에 자신을 있는 그대로 받아들여 주고 항상 믿어주는 사람이 없어서 그럴 수 있죠. 내가 있는 그대로 드러냈을 때 다른 사람들이 그 모습을 좋다고 말해주고 존중해주고 그런 모습을 드러냈는데도 변함없이 함께 해주는 사람이 있었다면 자신의 모습을 그대로 좋아할 수 있었을 거예요. 하지만 주변에 내가 실수할 때마다 비난하는 사람, 무시하는 사람만 있고, 믿고 의지할만한 사람이 없었다면, 자기 자신에 대한 자존감이 높을 수가 없겠죠. 그래서 우리가 자라온 환경이 중요하다는 겁니다. 그래서 저렇게 진실 되지 못하게 사는 사람들의 모습이 짜증나게 다가오긴 하지만 다시 생각해 보면 얼마나 힘들게 살았으면 저러겠느냐고 측은한 마음이 들기도 합니다.

자신을 있는 그대로 사랑해 보세요. 당연히 말처럼 쉽지 않습니다. 나를 사랑해야 한다고 말하면 '니가 나에 대해서 잘 몰라서 그래.'라며 내가 못

난 점이 순식간에 수백 개 떠오를걸요? 하지만 그러면 어때요. 다른 사람들이 모르는 내 장점은 그보다 더 많을 거예요. 우리는 겸손해야 한다는 명목으로 자신의 장점을 드러내는 걸 너무 억눌러왔어요. 그래서 자신의 장점에 대해서는 생각 안 하려는 경향이 있죠. 교만해질까 봐요.

하지만 한번 생각해 보세요. 내가 얼마나 잘하는 게 많고, 사랑받을 만한 존재인지 말이죠. 그리고 여력이 된다면 다른 사람을 믿어주는 사람이 되어 주세요. 물론 누군가를 받아들여 준다는 건 참 어려워요. 그 부족한 모습을 보면서도 짜증 내지 않고 참고 기다려 준다는 것은 정말로.. 하지만 그만큼 해냈을 때 그 사람이 성장하게 되는 폭도 상당히 높죠. 세상에 믿을만한 사람이 하나도 없는 것과 한 명이라도 있는 것은 정말로 큰 차이거든요. 우리가 드래곤을 생각하면 그냥 상상의 동물이라고 생각하지만 한 마리라도 볼 수 있다면 그건 더는 상상의 존재가 아닌 거잖아요.

나를 믿어주는 존재도 그렇습니다. 주변에 한 명도 없으면 상상 속의 존재지만, 한 명이라도 있으면 그다음엔 두 명이 될 수도 있고 셋이 될 수도 있는 거니까요. 다른 사람도 믿을만한 사람일 수 있다는 희망이 생길 거고 그러면 다른 이들에게 다가가는 사람으로 변화할 수 있거든요.

그러니까 자신을 좀 더 사랑해 보세요. 우리가 생각하는 나의 단점들? 그건 다른 사람들도 다 가지고 있는 겁니다. 대부분 인간이기 때문에 기지고 있는 그런 거죠. 그러니까 나의 단점을 너무 크게 보지 마세요. 그리고 다른 사람들의 단점도 너무 크게 보지 마세요. 그렇게 조금 믿고 기다려주면 그 사람도 성장할 겁니다. 그렇게 서로 믿어주는 사회가 되면 모두의 자존감이 높아지고, 더 여유로우면서 서로를 배려하는 따뜻한 세상이 되어가지 않을까요?

좀 더 영리해지기

학교 다닐 때를 생각해 보면 항상 시험 때마다 전날 뭐 하다가 공부를 못했다며 징징거리는 친구들이 있어요. 그래서 위로해 주고 나서 나중에 결과를 보면 나보다 나은 점수를 받는 경우가 있죠. 왜 이러는 걸까요? 제가 시험기간의 유명한 징징이였어요. 그래서 저 마음 잘 압니다. 저러는 이유는 몇 가지로 생각해 볼 수 있어요.

먼저 자신에 대한 기대치를 낮추는 겁니다. 아무리 공부를 많이 했어도 실수해서 틀릴 수도 있고 성적이 안 나올 수도 있으니까 먼저 내가 성적이 안 나올 수밖에 없는 상황이라는 것을 주변에 알려두는 거죠. 그렇게 하면 내가 성적이 잘 나오지 않아도 사람들이 '아.. 쟤는 그럴만할 사정이 있었으니까.'라고 생각해 주길 바라는 것이죠. 그리고 또 한 가지 생각은 성적이 잘 나왔을 때 반전의 매력을 줄 수가 있다는 것이죠. 그런 어려운 상황임에도 성적이 잘 나오는 아이라고 사람들이 생각해 줄 테니까요. 어느 면으로 보든 손해 볼 것이 없으니 계속 그러는 겁니다.

그래서 이번에 드리고 싶은 말씀은 자기가 잘하는 것 한 가지 정도는 마련해두자는 겁니다. 앞에서 계속 이야기 했던 영리한 호구가 되는 것, 사람들에게 빈틈을 보여주고 다가오게 하는 것, 이러한 기본이 되었다면 다음 단계가 필요하지 않겠어요?

우리가 지금까지 보여주었던 빈틈들을 학생들이 시험 전에 징징대는 것과 같아요. 나에 대한 기대를 낮춰 놓은 것이죠. 애는 착한데 실수가 많은 사람 정도로 사람들이 생각할 거예요. 하지만 이러한 이미지는 결과적으로 바람직하지는 않아요. 왜냐하면 사람들은 너무 비어 있는 사람에게 처음에는 뭔가 다른 매력을 느껴서 다가가지만 시간이 지나도 계속 비어 있기만 하다면 어느 순간부터 무시를 할 테니까요. 이것은 영리한 호구가 되지 못하고 그냥 '호구'가 된 것이죠.

기본적으로 비어 있는 모습을 보이되 가끔은 자기가 잘하는 것을 비춰줄 필요는 있어요. 다른 이들보다 내가 잘하는 것을 자랑하는 것이 아니라 살아가면서 별일 아니라는 듯이 보여주는 것이죠. 이미 별 기대 없는 사람들에게 우리가 '잘하는 것'은 의외의 모습으로 다가갈 것이고 또 다른 매력으로 사람들에게 어필될 겁니다. 이렇기 때문에 자신이 잘하는 것은 확실하게 있는 것이 좋고, 그것이 의외의 것이면 더욱 효과가 좋아요.

저는 의식하지 못하고 시작한 취미들이지만 생각해 보면 사람들이 저를 의외의 눈으로 바라보는 것이 좋았던 것 같아요. "너 이런 것도 할 줄 알아?" 라며 놀라고 나를 다시 보는 듯한 눈빛을 즐겼던 것 같아요. 실제로 나의 빈 모습에 호감을 느꼈던 사람이라면 나의 능력에 더 큰 매력과 호기

심을 가질 거예요. 그리고 이렇게 새로운 모습을 보여주고 새로운 매력을 느끼게 하는 것 또한 '영리한 호구'가 되는 방법일 겁니다.

'영리한 호구'는 참 쉽지 않은 것 같아요. 사람들이 나에게 장난은 치지만 나를 진심으로 깔보거나, 상대가 나를 모두 파악했다고 생각하고 나에게서 관심을 거두어가 버리지 않도록 노력해야 하는 것이니까요. 그래서 그냥 '호구'랑 구분되는 거겠죠. 그러니 우리 모두 잘하는 한두 가지 정도는 만들어 봅시다. 나의 가치를 높이는 한두 가지의 것들이요.

저는 이런 이유 때문에 저는 테디베어나 프랑스 자수, 해금, 피아노..다양하게 배워온 것 같아요. 이 사람은 까도까도 나오는 양파 같다는 이미지를 주어서 나에 대한 관심이 떠나지 않게 하는 것이죠. 물론 한 가지에 집중 못하는 제 성격이 가장 큰 원인이지만요.

그런데 중요한 것이 있어요. 이야기하다 보니, 다른 이들에게 인정받기 위해서 능력을 기르라는 말로 들릴 수도 있겠네요. 하지만 이것은 항상 그렇듯 다른 사람뿐 아니라 나를 위한 것이기도 해요. 그리고 또 다른 이를 위해서이죠. 내가 어떤 사람에게 영향을 주기 위해서는 관계가 형성되어 있어야 해요. 그런데 그 관계에서 '매력'이란 엄청나게 큰 요소가 될 수 있어요. 내가 매력이 있다면 상대는 나의 말을 더 귀 기울여 들을 것이고, 결과적으로 내가 만들고 싶은 따뜻한 세상을 만드는데 도움이 될 것이니까요. 그래서 우리는 우리의 매력을 유지하는 것이 중요합니다. 근데 이 매력은 얼굴이 잘생기고 이쁘거나 돈이 많아야지만 가능한 것은 아니에요. 그저 자기가 잘하는 분야가 있어야 하는 것이죠. 왜냐하면 우리의 이미지는 이미 부족한 아이로 설정되어 있으니까요. 그러니 내가 잘하는 모습을 보여준다면 그 의외의 모습에 사람들은 관심이 쏠리게 되고 더 큰 능력으로 느끼게 되는 것이죠.

그런 후에는 혹시나 나를 무시하는 모습을 보이더라도 내 자존감이 어느 정도 올라온 상태이기 때문에 다른 사람들의 장난을 잘 받아주고 다른 이들을 품어줄 수 있는 사람이 되어 갈 것입니다. 그러니 다시 한 번 말하지만 매력 있는 '영리한 호구'가 되세요. 그냥 호구 말고요. 그러기 위해서 우리의 의외의 모습을 가끔 보여주세요. 이런 식으로 다른 사람이 자신을 무시하지 못하게 하면서도 다른 이들을 품어줄 수 있는 우리가 되면 좋겠습니다~!!

영리한 호구

영리한 호구는 기본적으로 '호구'입니다. 이건 제가 워낙 옛날부터 많이 들었던 말인데.. 사람들이 제게 호구라고 말할 때는 저를 무시하는 말투가 아니라 사랑 가득한 애칭 같은 느낌으로 말해주거든요. 심지어 저는 수도원에 있을 때 중고등학생들한테도 호구 소리를 들었습니다. "수사님 그렇게 물러서 나중에 힘한 세상 어떻게 살려고 그래요. 호구 돼서 사기당하기 딱 좋겠네.."라고 말이죠. 물론 저는 그 안에서 말은 그렇게 하지만 저를 생각해 주는 아이들의 따뜻한 마음을 느꼈습니다. 아이들은 진짜 싫어하면 말도 안 걸거든요. 그래서 생각한 것이 존경받는 사람과 사랑받는 사람은 다르다는 것이었어요.

우리가 능력이 뛰어나고 완벽해서 사람들의 존경을 받을 수는 있지만요 그 사람들이 꼭 사랑받는다고는 할 수 없는 것 같아요. 오히려 사랑 받는 사람은 뭔가 비어 보이고 부담 없고 여유로워 보여서 사람들이 편하게 다가와 쉴 수 있도록 곁을 내주는 사람이라는 생각을 했죠. 그리고 호구라고 생각하면 사람들은 별로 경계를 안 해요.

그런데 여기는 문제가 하나 있습니다. 저도 감정이 있는 사람이라는 거죠. 호구로 살면서 놀림을 당하면 어느 정도까지는 괜찮지만 과하게 들어오는 사람들도 있거든요. 제가 기분이 상할 정도로 말이죠. 제가 호구가 되는 것은 따뜻하게 사람들을 품어주고 싶어서지 정말로 저를 다른 사람들이 마구 이용해도 되는 하찮은 존재로 생각하는 것이 아니거든요. 그래서 호구로 살되 다른 사람들에게 상처는 받지 않는 사람이 되어야 하겠다는 생각을 하게 된 겁니다. 그래서 '영리한 호구'라는 말이 나오게 되었습니다.

상대가 선을 넘지 않게 하는 방법은 각자 다른 방법이 있을 거라 생각합니다. 제 경우는 웃으면서 할 말을 하려고 노력합니다. 그리고 중간중간 정색한 표정을 잠깐씩 섞어주면 좀 더 빨리 알아주는 것 같아요. 저는 원래 잘 웃다 보니까 잠깐만 정색해도 사람들이 흠칫하더라고요. 제가 수도원에 있을 때 한번은 화가 너무 나는 일이 있었거든요. 근데 수도원은 밥을 다 같이 모여서 먹어요. 평소에는 잘 웃고 이야기도 조잘조잘하던 제가 말 한마디 안 하고 밥그릇만 쳐다보면서 밥만 먹었거든요. 그때 참 죄송한 일이었지만 식탁 자리가 어는 느낌이 들었어요. 나중에 기분 풀리고 같이 있던 형제들이 분위기 싸해서 밥이 어디로 넘어가는지 몰랐다고 하더라고요.

이런 온도차이를 낼 수 있는 것이 어떻게 보면 강점이라고 볼 수 있는 것 같아요. 평소에 따뜻한 사람은 조금만 차가워져도 주변에서 금방 알아채거든요. 그리고 사람들은 그 따뜻한 사람이랑 멀어지기 싫어서 조금은 알아서 조심해 주는 것이 있습니다. 하지만 맨날 화내고 짜증을 내는 사람은 차가워지면 주변에서 달라진 것을 알지도 못할뿐더러 오히려 잘 되었다고 더 피하게 될 겁니다. 그래서 따뜻함은 제가 가진 강점이라고 생각하고 있어요.

우리가 만화나 애니메이션을 볼 때 불문율이 있어요. 실눈캐는 원래 짱쎄다. 실눈캐가 눈을 뜨는 순간 상황이 종료된다는 거죠. (실눈캐는 만화에서 맨날 웃고 있어서 눈동자가 잘 보이지 않는 캐릭터들을 이야기해요. 슬레이어즈의 제로스가 대표적입니다.) 그런 느낌입니다. 내가 약하고 능력이 없어서 호구가 된 것이 아니니 여기까지만 하면 좋겠어..라고 '잘' 표현하는 것이죠. 평소에 관계를 잘 쌓아 두었다면 주변에서도 '쟤가 오죽하면 저러겠냐.' 라고 이해해 주기 때문에.. 과도하게 화를 내지 않아도 괜찮아요.

이것이 제가 생각하는 '영리한 호구'의 모습입니다. 자신의 사소한 실수 부족한 모습을 굳이 숨기려 하지 않고 드러내면서 다른 사람들이 공감하고 '아..쟤도 사람이구나.' 하면서 편하게 다가올 수 있게 하는 것, 그러면서도 나는 상처 입거나 사람들에게 휘둘리지 않는 것. 말로 하니까 쉬운 것 같지만, 저도 아직 참으로 멀기만 한 목표인 것 같습니다. 그래서 항상 저는 제 소개를 할 때 '영리한 호구가 되고 싶은' 힐러 라파엘이라고 소개를 하죠.

그래서 저는 세상이 조금 더 따뜻해 져서 호구들이 살기 좋은 세상이 되면 좋겠어요. 요즘 많은 글들이 호구가 되면 안 된다. 라고 이야기를 해요. 근데 그게 되나요? 생각은 그렇게 해도 그렇게 가시를 세우면 세울수록 내가 아닌 것 같고 맞지 않는 옷을 입은 것처럼 엄청 불편할 겁니다. 하지만 저는 이 세상에 호구는 정말로 필요한 사람들이라고 생각해요. 물론 자신이 상처받지 않고 자신을 사랑하면서 자존감 충만하다는 전제로 말이죠. 그러니까 지금 자기가 다른 사람들에게 싫은 소리 못하고 부탁 다 들어주는 사람이라고 흔히 요즘 세상이 하지 말라고 무시하는 '호구'라고 생각하는 분들이 계신다면 주눅들지 마세요.

우리 같은 사람들이 지금 세상에는 엄청 필요하고요 조금만 자신을 소중히 여기고 다듬는다면 우리가 가진 이런 따뜻함이, 남을 밟고 올라가야 한다는 생각이 퍼져있는 요즘 세상에 크고 따뜻한 울림을 줄 수 있는 큰 능력이라고 생각하거든요. 우리 모두 그 능력을 바탕으로 나를 사랑해주면서 주변 사람들을 품어주기 시작하고 결국은 온 세상을 함께 따뜻하게 품어 줄 수 있는 '영리한 호구'가 되어 보시길 추천합니다~!!

에필로그

지금까지 제 이야기 잘 보셨나요? '이 책 한 권으로 사람이 바뀌면 세상에 관계 때문에 힘들어하는 사람이 있겠냐!'고 생각하시는 분들 분명히 계실 겁니다. 맞습니다. 이 책 한권으로 사람이 바뀌긴 힘들죠. 하지만 그 계기를 만들 수는 있다는 것이 정말로 중요하다고 생각합니다. 내가 어떤 방향으로 가고 있는지는 자기가 가고 있는 길 위에서는 모릅니다. 대개 자신의 길이 틀렸다는 의심조차 품지 않죠. 왜냐하면, 우리는 앞으로 나아가기에도 벅찬 삶을 살고 있으니까요.

하지만 이 책을 보면서 '어? 이렇게 생각할 수도 있구나, 이렇게 해 봐도 괜찮겠는데?'라는 자신이 가고 있던 방향과 다른 곳에도 길이 있다는 것을 생각하게 되었다면, 저는 그걸로 충분하다고 생각합니다. 내가 생각하는 길 이외에도 다른 길이 있다는 것을 아는 것과 모르고 내 길만 고집하는 것과는 천지차이거든요. 그래서 이 책이 그 작은 계기가 되어 준다면 더 발랄 것이 없겠네요.

손해 보면서 살면 안 된다고, 호구가 되면 안 된다고 우리 주변에서는 끊임없이 이야기할 겁니다. 달라진 우리들을 보면서 어떤 사람은 딴죽을 걸 수도 있겠죠. 하지만 내가 맞는다고 생각하면 일단 다른 사람들 이야기는 잠시 무시해보세요. 그 사람들은 나에 대해서 잘 모르는 사람들입니다. 내가 어떤 걸 잘하고 어떤 걸 좋아하는지 관심이 없는 사람들이죠. 적어도 그 사람들보다는 내가 나에게 어떤 것이 더 도움되는지 잘 알고 있다고 생각하지 않나요?

그러니까요, 너무 주눅들지 마세요. 지금 나의 모습이 너무 '호구'같아서 힘든가요? 오히려 좋아요. '호구'라는 기본 조건을 이미 갖춘 거니까요. 이제 거기서 자존감만 키워나가고 약간의 스킬들만 익히면 됩니다. 일단 다른 사람을 이용하면서 살아가는 사람들은 '호구'가 되기 얼마나 힘든 줄 아세요? 되려고 하지도 않을뿐더러 되려고 해도 예전의 습관들을 버리기가 참 힘들거든요. 하지만 이미 다른 사람을 배려하는 것이 몸에 배어 있다면, 그것을 바탕으로 조절만 잘하면 되니까 훨씬 쉬워진다는 것이죠.

그러니까 자신을 좀 더 소중하게 여기시기 바랍니다. 그만 좀 겸손해지세요. 제발 자신이 괜찮은 사람이라는 것을 좀 받아들이세요. 다른 사람들이 나를 깔보는 눈으로 본다고요? 그럼 어떤가요? 내 가치는 그 사람이 정하는 게 아닌데요. 내 가치는 나에 대해서 가장 잘 아는 사람이 정해야죠. 그건 아마 자기 자신일 테니까요. 그러니까 내가 괜찮다고 하면 괜찮은 겁니다. 사실 다른 사람들은 나에게 관심이 없어요. 그리고 많은 경우 내 점수를 깎아내리고 싶어하죠. 중고차 딜러가 차를 매입할 때 어떤 트집을 잡아서라고 싸게 사려고 하는 것과 비슷해요. 그러니까 자신에 대해 자부심을 가지고 내가 생각하는 것들을 밀어붙여 보세요. 그래도 괜찮습니다.

그렇게 먼저 자신을 소중히 여기고, 조금의 여력이 생기면 주변 사람들을 챙기기 시작하면서 영역을 넓히다가 결국은 세상을 품어줄 수 있는 우리가 되면 좋겠습니다. 세상을 따뜻하게 만들기 위한 그 작은 출발점에서 이 책을 통해 만난 여러분과 함께하고 싶네요. 그리고 저는 지금 인스타그램과 브런치에서 글을 계속 연재하고 있고, 유튜브에서는 그 연재된 글을 가지고 위로를 주는 영상을 제작해서 올리고 있어요. 글로 읽는 것과 직접 사람이 이야기해 주는 것은 또 다른 위로가 된다고 생각해서 꾸준히 업로드 중입니다. 삶이 지치고, 위로가 필요하신 분들은 제 채널 '영리한 호구'에 들러서 글과는 또 다른 위로를 얻으면서 쉬어 가시길 바랍니다. 그러면 앞으로 우리 모두 조금씩 영리한 호구가 되어가는, 그로 인해 세상을 조금 더 따뜻하게 만들어 가는 하루하루가 되시면 좋겠습니다. 항상 감사합니다. 그리고.. 사랑합니다~!!

따뜻함으로 사람의 마음을 훔치는
영리한 호구

초판 1쇄 발행 | 2022년 5월 16일

지은이 | 최영민
펴낸이 | 김지연
펴낸곳 | 생각의빛

주 소 | 경기도 파주시 한빛로 70 515-501

출판등록 | 2018년 8월 6일 제 406-2018-000094호

ISBN | 979-11-6814-007-3 (03810)

출간 문의 | sangkac@nate.com

* 값 14,500원

* 생각의빛은 삶의 감동을 이끌어내는 진솔한 책을 발간하고
  있습니다. 출간에 관심이 있으시면 연락주십시오.